시와 리듬

시와 리듬(개정판)

초판 1쇄 발행   1981년 10월 15일
초판 6쇄 발행   1993년 8월 20일
개정판 1쇄 발행   2011년 4월 29일

지은이 서우석
펴낸이 홍정선
펴낸곳 ㈜문학과지성사
등록번호 제10-918호(1993. 12. 16)
주소 121-840 서울 마포구 서교동 395-2
전화 02)338-7224
팩스 02)323-4180(편집) 02)338-7221(영업)
전자우편 moonji@moonji.com
홈페이지 www.moonji.com

ⓒ 서우석, 2011. Printed in Seoul, Korea.

ISBN 978-89-320-2204-8

시와 리듬

서우석
지음

문학과지성사
2011

책머리에

이 책은 1977년 「시조(時調)와 리듬」이란 제목으로 계간지 『문학과지성』에 기고한 후, 계속해서 「시와 리듬」이란 제목으로 두 편의 글을 게재하면서 시작되었다. 그때에 나는 시를 처음으로 찬찬히 읽어보게 되었다. 시를 정독하면서 시 안에 숨어 있는 리듬의 계획을 찾아내고 생각하게 되었고 이를 책으로 써야겠다는 마음을 굳힌 것으로 기억된다.

시조의 구조를 설명하기 위해 박자 개념을 사용한 것은, 음악의 형식을 설명하기 위해 시조의 구조를 원용하면서 시작된 것이었다. 음악 분석 강의 중 "구조적 강박자"의 뜻을 쉽게 설명하려고 고심하던 중 문득 시조를 인용하게 되었고 우연히 인용한 시조의 리듬적 구조가 구조적 강박자를 설명하기에 아주 적절하였다.

구조적 강박자는 다음과 같은 개념이다. 아래 시조, "태산이 높다 하되……"는 다음과 같은 강약을 가진 박자로 읽힌다. 그리고 "하늘 아래"에 강박자가 주어진다. 이는 자연스러운 낭독의 결과다.

태산이-/높다 하되/하늘 아래/뫼이로다/

1   1   1   1   (박자 단위의 길이)

약   약   강   약   (강 약의 들어남)

이 시조의 낭독을 3행까지 도표화하면 다음과 같다.

약	약	/	강	약
약	약	/	강	약
약	약 ~	/	**강**	약

3행의 셋째 박자는 강박이고 그 앞에 약박이 늘어져 있음으로써 구조적 강박자임을 분명히 해준다. 음악에서 이런 형식적 구조는 고전 소나타(하이든, 모차르트, 베토벤)의

1악장에 나타난다. '제시부, 발전부, 재현부'의 구조에서 재현부의 첫머리가 구조적 강박에 위치하게 되는데 이 나타 남을 위해서 음악에서는 여러 테크닉이 사용된다. 이를 설명하기 위해 시조를 원용했던 것이다.

이뿐 아니라, 세 토막 형식으로 된 또는 두 토막 형식으로 된 노래에서도 우리는 처음에 들었던 부분이 끝에 다시 나타나는 경우를 보는데, 이 재현이 보통 구조적 강박에 일치하게 된다. 교향곡의 1악장과 같이 규모가 큰 형식에서는 이 구조적 강박의 재현에 있어서 지연 현상이 생기는데 이를 설명하기 위해 시조 종장의 둘째 박자가 늘어져 있는 현상이 그 좋은 예가 되었던 것이다. 시조 종장의 구조적 강박의 지연 현상을 우연히 발견하고 난 뒤 이 현상에 나 자신도 스스로 신기해하지 않을 수 없었다.

이 책의 방법론의 핵심은, 시의 리듬 현상을 일단 박자로 살펴본다는 점에 있다. 그리고 이 박자를 점점 크게 확대해 나가면서 확대된 박자에 질서가 있느냐 없느냐를 살피는 것이다. 박자적 질서로 시간 현상을 설명하는 것을 우리는 "분할적divisive"이라고 한다. 그것은 같은 길이의 시간, 즉 박자를 전제로서 설정하고 난 뒤 그 안의 리듬 현상을 설명하는 것이기 때문이다. 이에 반대되는 것은 "첨가적

additive"이라고 하는데, 첨가적 리듬은 가장 짧은 단위의 상호 관계의 질서가 시간 현상의 질서의 기본이 된다. 이 질서는 보다 큰 길이의 동일한 간격, 즉 미터를 전제하지도 않고 그것을 필요로 하지도 않는다. 쉽게 설명하면 산문에서처럼 장모음과 단모음으로 이루어진 어떤 패턴의 반복은 있지만 그것들이 박자적 질서를 전제하지 않는 그런 리듬 현상이다.

김소월의 시는 박자적 질서로 거의 불편 없이 설명되지만, 김영랑에 이르면 산문적 리듬의 침투로 인해 균등한 박자적 질서만으로는 설명하기가 어려워진다. 그래서 그의 시를 설명하기 위해서 줄어든 박자의 개념을 도입하게 되었다. 그리고 산문적 리듬의 침투를 나는 운문적 리듬에서부터 벗어나고 싶은 일탈의 욕구로 생각하였다. 정형과 그로부터의 일탈은 형식을 만들어감에 있어서 근본이 되는 역동적 요인이다.

이 글을 쓰는 도중 한용운 · 서정주 · 박재삼의 시에서 나는 행미의 특징을 발견하게 되었고 행미의 운율이 있음을 알게 되었다. 행미는 음악에서 말하자면 프레이즈인데 프레이즈 끝에 어떤 규범이 있어야 한다는 것은 음악 이론에서는 상식에 속하는 일이다. 분절의 단위를 이루는 지점이기 때문이다. 행미의 리듬적 묘미는 산조에 잘 드러난다. "내 사설 들어보소……" 하고 읊어나가는 이야기라는 관점에서 흘러가는 산조를 분절적으로 듣기 위해서는 행미를 섬세하게 들을 줄 알아야 한다. 그리고 그런 감각이 없으면 재미있게 듣기 어려울 것이다. 행미의 질서에서도 외적인 리듬을 가진 시와 내적인 리듬을 가진 시를 보게 된다. 외적인 리듬에서는 행미를 읽을 때에 낭독에 의해 드러난다. 내적인 리듬에서는 낭독 시 주저되지만, 시적 이미지를 염두에 둘 때에, 쉽게 낭독할 수 있게 된다. 행미의 리듬에 대해서만 말하자면 한용운은 외적인 리듬, 즉 어미의 형태적 일치를 보여주고 있지만 박재삼은 외적 일치를 약하게 만들고 대신 내적 리듬을 부여하고 있다.

리듬에 관심을 두며 시를 보자면, 시의 리듬은 사람의 모습이나 얼굴이고 시의 이미지는 사람의 마음으로 비유될 수 있다. 음악에서는 소리가 갖는 대상적 이중성, 즉 소리의 음향학적이고 객관적인 표면의 질서와 그 소리가 우리에게 주는 이미지인 내면은 분리될 수 없게끔 밀착되어 있다고 말한다. 처음에는 나도 시에 있어서는 음악과는 달리 이 간격이 아주 넓을 것이라고 생각했었다. 즉, 시의 리듬은 리듬이고 시의 이미지는 이미지일 것이라는 가정이었다. 그러나 이 둘은 상호 작용을 하고 있고 좋은 시일수록 이들은 밀착되어 있다. 그런데 시인이 리듬 현상에만 몰두하면 이 둘이 분리된 시를 만들게 되기 쉬우므로 많은 시인들이 리듬의 질서에 두려움을 느끼고 피하는 듯이 보인다. 만일 리듬을 피하고 이미지만으로 시를 만든다면 보다 많은 훌륭한 시인이 생길 수 있을 것이다. 그러나 그런 시는 의미를 전하지만 뚜렷한 모습을 지니지 못한다.

행미의 운율성과 그 규칙에 대해서는 한용운 · 서정주 · 박재삼 등 몇 군데에서 살폈지만 이에 대해서는 좀더 시간을 두고 살펴야 할 문제를 남기고 있다. 그리고 이는 "시의 의미장"이라는 전혀 다른 차원의 문제를 제기한다. 이 책을 쓸 당시 이성복의 시를 중심으로 의미장에 대해 논문을 한 편 쓴 기억이 있다. 그 논문을 찾을 수 없어 결국 책을 다시 쓰기로 하여, 『시와 산문의 의미장』(서울대 출판문화원)이란 책을 곧 출간할 예정이다.

1940년대 이후 출생한 시인들의 시는 거의 담지 못했으며 그 이전 1930년대 출생의 시인들도 빠뜨린 중요한 시인이 있음을 인정한다. 그러나 한편 나의 관심은 어디까지나 리듬에 대해 살펴야 할 측면이 있는 시였기 때문에 때로는 훌륭한 시인인 줄 알면서도 부득이 제쳐놓은 경우도 있다.

1981년 판의 머리말은 개정판에 싣지 않기로 하였다. 이 개정판 머리말은 초판의 것을 기초로 여러 곳 수정한 것이다. 본문 역시 많은 곳을 수정하고 각 시인 이름 옆의 제목은 초판의 한자어로 된 것들을 우리말로 바꾸고 수정하였다.

2011년 4월
서우석

| 차례 |

리듬의 이해: 리듬과 미터

리듬은 우리를 둘러싸고 있는 환경을 이해하고 지각하는 한 가지 방법이다. 그 방법은 시간을 분할하여 우리의 감각으로 지각할 수 있는 작은 단위로 쪼개는 것이다. 리듬의 기초가 되는 작은 단위를 만들기 위해서는, 소리를 무리 지어야 한다. 이때에 무리 짓는 수단은 그 소리의 길이와 강세가 된다. 그리고 음악의 경우에 리듬의 구성은 선율과 화성의 요소에 의해서 영향을 받기 때문에 리듬은 음길이와 그 강세만을 가지고 결정하기 어려운 복잡성을 지닌다. 그래서 같은 음길이의 배열로 된 리듬도 다른 음고적인 진행이 주어지면 다른 형태의 리듬으로 바뀌게 된다.

리듬의 결정이 복합적인 것이기 때문에 우리가 듣는 시간적 진행이 비교적 단순한 경우에 있어서는 주관의 견해가 관여하게 된다. "똑똑똑똑" 하는 똑같은 소리를 내는 시계 소리나 물방울 소리의 경우 그 음들의 길이나 음 높이나 강세가 완전하게 같다고 하더라도 우리는 그 소리를 "똑딱똑딱"이라고 듣게 되거나 "똑딱딱 똑딱딱" 하는 소리로 무리를 지어서 듣게 된다.

여기서 우리는 바깥 세계의 상황을 파악하기 위해 긴 시간을 나누는 방법을 보게 된다. 현대 심리학은 우리가 하나의 단위로 파악할 수 있는 최대의 길이가 12초가량이라고 말한다. 12초가 넘는 시간은 하나로 지각되지 않고 분할된다. 외부의 사건은 그래서 12초보다 짧은 단위의 시간으로 나뉘어서 인식이 되는데, 이때 사건들은 다소간 규칙적인 길이로 반복되게 된다. 음악에서는 이 반복 단위의 시간적인 양의 관계가 정밀하게 되어 있으나 우리의 언어의 리듬에 있어서는 그 양의 관계가 대충의 측정에 만족되어 있다. 개인에 따라서는 길게 발음해야 되는 음절이 짧게 발음해야 되는 음절보다 조금밖에 길지 않은 경우가 있는가 하면, 어떤 경우에는 긴 음절이 짧은 음절의 두 배가 넘어 약 세 배가 될 정도로 길게 발음할 때도 있다.

그래서 언어에 있어서 리듬의 형성은 음악의 경우와는 달리 주관적인 성격을 띤다. 객관적으로 두 배가 되지 않는 길이이더라도 주관적으로 두 배의 길이로 생각하고 있을 경우, 그 리듬은 객관적인 것과 다름없이 성립된다. 그러나 그렇게 발음되는 낭독이 듣는 사람에게 같은 효과를 가져오는가는 별도의 문제이다. 시의 낭독 역시 음악의 연주와 같은 성격의 것이다. 연주는 듣는 사람에게 시간이 정지된 대상이 아니고 시간의 흐름 안에서 실현되어가고 있는 사건이기 때문에 그것이 객관적으로 증명되게끔 정확할 필요는 없는 것이지만 그것이 실현되지 않는 것으로 느껴져서는 안 되는 한계 또한 가지고 있음을 부정할 수 없다.

음악에서도 같은 것이지만 시에 있어서는 더욱 그 낭독의 객관성을 증명하기가 어려운 이유가 여기에 있다. 다음 시구를 읽으면서 이 문제를 생각해보자.

모란이 피기까지는 나는 아즉 나의 봄을 기둘리고 있을 테요.

위의 한 구절은 한 음절이 하나의 시간의 단위를 가지게끔 읽을 수가 있다. 다시 말해 어떤 음절도 장모음으로 처리하지 않고 읽는 것이다. 이렇게 읽을 경우 이것은 시를 읽는 방법이 아니라고 일반적으로 말해질 수 있다. 그러나 그것이 시를 읽는 것이 아니라고 반박할 이유도 없다. 그렇게 읽으면서 나는 "모란이"의 "이" 음절을 조금 길게 생각했었고 "나는"의 "는" 역시 좀 긴 것으로 생각하고 "는" 다음에 호흡이 있는 것으로 생각했으며 "아즉"의 "즉"도 스스로 긴 음절로 생각하고 있었다고 한다면 이 구절의 낭독은 나 자신에게는 시적일 수가 있는 것이다. 그러나 보다 잘 낭독되어 그 의도가 전해지기 위해서는 다음과 같은 단위로 그 낭독이 같은 시간에 배분되어야 할 것이다.

　　모란이/피기까지는/나는/아즉/나의 봄을/기둘리고/있을 테요

후에 이 시를 이야기할 때 보다 자세하게 논의하겠지만, "나는 아즉"을 위에 적은 것과 같이 둘로 나누어 읽어야 할 것인지 붙여서 읽어야 할 것인지에 대한 문제는 여기서 피하기로 한다. "피기까지는" 역시 다섯 음절이지만 우리가 나눈 하나의 단위에 눌러 집어넣어야 할지 아니면 다른 단위보다 5분의 1이 늘더라도 관계없이 여유 있게 읽을 것인

지의 문제가 남는다.

이런 일들은 낭독인이 위의 시를 동일한 간격의 시간 단위로 나누었다는 계획이 전제된 경우에 그와 같은 변형이 가능한 일이다. 그러면 우리는 동일한 간격으로 나누어서 위의 시간을 인식했다고 하는 사실에서 이 동일한 간격이 어떤 성격의 것인지를 이해해야 할 것이다.

동일한 간격은 미터meter를 뜻한다. 미터 또는 박자는 리듬이 미터에 종속된다는 의미로서 받아들여지는 경우와 리듬이 유기화된 후 미터의 개념이 생긴다는 두 가지 뜻으로 받아들일 수 있다. 리듬이 미터에 종속되어 있기 때문에 리듬은 활기를 띤 미터란 뜻으로 미터를 생각할 수도 있고 미터는 리듬이 형성된 후 이 리듬들이 결합하여 보다 큰 단위를 형성할 때 생기기 때문에 리듬이 모여 이루어지는 질서의 개념이란 뜻으로도 받아들일 수 있다.

그러나 리듬은 감각에 의해서 수용될 수 있는 시간 분할의 작은 단위이며, 이 단위를 통해서 객관적인 시간이 주관적으로 수용될 수 있는 지속으로 탈바꿈을 하게 된다는 사실은 일반적으로 인정되고 있다. 그래서 모든 지속과 시간의 모든 흐름은 리듬적이다. 그런데 이 지속이 쉽게 인지되는 것으로 짜임새를 가졌을 때 이 지속은 미터를 동시에 갖게 된다. 그래서 리듬은 수동적으로 경험되지만 미터는 형태를 이해하려고 하는 능동적인 활동을 전제한다. 형태 해석을 위한 원칙을 부여하는 활동은 리듬을 인식하는 수준에서는 발생되지 않는다. 그래서 시간적 경과에 있어서 모든 형식적 계획은 미터와 관련을 지니게 된다.

따라서 우리는 하나의 시에 있어서 그 시간적 구조를 이해하고 그 형식을 이해함에 있어서 미터의 수준을 염두에 두어야 한다. 시조의 구조를 살피는 첫 단계에서 이해하게 되겠지만 시의 낭독이 산문의 낭독과 다른 점은, 다시 말해 시를 낭독하려는 사람의 태도의 특이성은 바로 미터를 만들며 낭독하겠다는 준비에 담겨 있다. 그렇게 하지 않고는 운문이라는 형식을 확인할 길이 없어지기 때문이다. 물론 그 미터가 어떤 규칙성을 지녔는지 또는 불규칙성을 지니게 될지는 차후의 문제이다.

우리가 말을 구사할 때의 리듬을 살펴보자. 규칙성이 있는 반면 자유로운 구사가 가능한 리듬의 현상을 살펴보자면, 아마도 우리가 구사하는 구어가 가장 적합한 예가 될 것이다. 다음의 문장을 생각해보자.

태산이 ─ 높다고하지만 ─ 하늘아래 ─ 있는산이다 ─

위의 문장을 읽어보면서, 즉 구어로서 살펴보면서 그 시
간적 단위를 살펴보기로 하자.

"태산이"의 각 음절이 하나씩의 길이를 갖는다면, 아마도
쉼을 표시한 "─"에는 둘의 길이 정도가 배분될 것이다. 이
렇게 계산하면 다음과 같이 된다.

태산이 ─ 높다고하지만 ─ 하늘아래 ─ 있는산이다 ─

　3　　2　　　6　　　　2　　　4　　2　　　5　　　2

이렇게 배분하고 나면 일상의 이 대화의 리듬적 구조는
그 시간적 배분이 다음과 같이 된다.

(3　2)　(6　2)　(4　2)　(5　2)

　5　　　　8　　　6　　　　7

결국 이 5 8 6 7의 시간적 단위는 1:2:1:2라는 배수 단
위의 길이로 거칠게 계산될 수 있다. 즉 '짧은 것, 긴 것,
짧은 것, 긴 것'이라는 리듬의 패턴을 만드는 것이다. 이런

패턴을 만들기 위해서 우리는 무의식적으로 쉼에 배당했던 2의 길이를 임의로 조절해서 1로 할 수도 있을 것이다. 아예 쉼의 시간을 없애거나, 2와 1 사이의 애매한 길이로 줄일 수도 있을 것이다. 그래서 5를 4로 만들고 6을 5로 만들거나 4의 길이로 만들 수도 있을 것이다. 물론 7은 끝부분이므로 2를 3으로 생각해 8로 늘일 수도 있게 된다. 그렇게 구어를 수행하거나 인식할 경우 우리는 이를 1:2:1:2의 시간적 구조에 보다 더 가깝게 만들 수 있게 된다. 그러나 일상의 회화에서는 그러한 배후의 정확한 구조는 반드시 필요한 것이 아니다. 다만 언어를 수행하고 듣기에 불편하지만 않으면 되는 것이다.

여기서 우리가 주의해야 할 것은 구어를 수행할 때에, 그러한 리듬적 구조를 생각하면서 미리 그 수행을 조절한다는 것이다. 다시 말하면, 우리는 리듬적 구조(전제된 구조)를 미리 마음속에 지니고 있으면서, 수행하고 있는 대상, 즉 구어를 그 전제된 구조 안에 넣는다는 뜻이다. 다시 설명하면 다음과 같다. "하늘아래 — 있는 산이다"를 수행하면서 그 쉼의 시간인 "—"를 없애버려, "하늘아래"를 하나의 길이로, 그리고 "있는"을 하나의 길이, "산이다"를 하나의 길이로 수행해서 1:1:1이 되게끔 낭독할 수 있다는 뜻이다.

이렇게 낭독한다면 이는 이미 일상적인 구어가 아니라 특별한 하나의 리듬적 구조를 가진 영역의 언급으로 옮겨가게 된다. 다시 말하자면 시를 낭독하는 상황으로 옮겨가는 것이다. 추장의 명령을 전달하거나 또는 전래되는 경전을 낭독하는 경우도 이와 같을 것이다. 이러한 언어수행 의식의 전제는 이 수행의 배후 리듬을 결정하는 일이 된다. 즉, 수행하는 시간적 작업 뒤에 리듬적 구조가 숨어 있음을 알 수 있다.

지금 우리가 예를 들고 있는 문장 "태산이 높다고하지만 하늘아래 있는산이다"는 조선조 시대의 시조를 변형시킨 것이다. 시조의 모습은 "태산이 높다하되 하늘아래 뫼이로다"일 것이다. 이는 음길이와 휴지를 계산해 적으면 아래와 같이 된다.

태산이 ― 높다하되 ― 하늘아래 ― 뫼이로다 ―
  3   2   4   2   4   2   4   2

그러나 우리는 위의 시간 배분으로 이 시를 낭독하지 않는다. 우리는 이 시의 리듬적 구조가 있는 것을 알고, 또는 전제하고 난 다음과 같은 상위의 시간적 구조를 부여하여

읽게 된다. 즉, 같은 길이의 네 단위 다르게 말해 네 박자
로 이 구절을 읽는다.

태산이-/높다하되/하늘아래/뫼이로다/

| 4 | 4 | 4 | 4 | (음운 단위의 길이) |
| 1 | 1 | 1 | 1 | (박자 단위의 길이) |

숫자로 표시하였듯이 4, 4, 4, 4는 "태산이" 뒤에 하나의
쉼을 부가하여 얻어진 네 개의 시간 단위들이다. 모두 같은
시간적 길이를 지니고 있다. 이 시간적 길이가 같기 때문에
우리는 이를 1, 1, 1, 1의 같은 길이의 네 번의 반복으로
그 질서를 파악한다. 이러한 배후적 질서를 파악하고 나면
우리는 이 구절이 네 박자로 된 어떤 시적 구조임을 감지하
게 된다. 그래서 이런 구조를 관습적인 시적 구조로 인식하
고, 음절 수가 많이 어긋나 있는 다음의 구절도 네 박자에
맞추어 낭독하게 된다.

산 - 높다지만 하늘아래 뫼 -

| 1 3 | 4 | 4 | 1 3 | (음운 단위의 길이) |
| 1 | 1 | 1 | 1 | (박자 단위의 길이) |

"산"과 "뫼"를 "높다지만"의 길이만큼 늘여 낭독함으로서 "나는 이 구절이 시적 구조임을 알고 있다"는 사실을 외부에 알리고 또한 "내가 지금 시를 낭독하고 있다"는 사실을 천명하게 된다.

　그런데 이러한 리듬의 구조, 즉 "태산이-/높다하되/하늘아래/뫼이로다"는 두 개의 부분으로 나뉜다. "태산이- 높다하되/하늘아래 뫼이로다"인 것이다. 시간적 길이를 숫자로 표시하자면, "1:1, 1:1"이 된다. 이에 비해 앞서 예를 든 "태산이 ― 높다고하지만 ― 하늘아래 ― 있는산이다 ―"는 그 시간적 단위의 비례가 "1:2,1:2"였다. 시조가 두 박자의 구조라면 이 경우는 세 박자의 구조이다. 두 박자와 세 박자는 언어적 구사의 리듬이거나 음악적 리듬이거나 간에 근본적인 두 종류의 리듬 체계로 구별된다. 구어에서 다시 한 번 그러한 예를 살펴보기로 한다. 공장에서 일하고 있는 사람들에게 스피커를 통해 다음과 같은 말을 한다고 하자.

　　빨리 끝내면, 점심시간 앞당깁니다.
　　　1　　1　 /　 1　　　　1　　　 (박자 단위의 길이)

<pre>
        2   2   (두 박자 구조)
2/4 ♩ | ♩   ♩ | ♩   (음표로 표시, 2/4 박자)
</pre>

<pre>
빨리 일을 끝내면, 점심시간 앞당겨 드립니다.
  1   1   1   /   1   1   1
                        (박자 단위의 길이)
    3   3   (세 박자 구조)
3/4 ♩ | ♩   ♩   ♩ | ♩   ♩
                        (음표로 표시, 3/4 박자)
</pre>

이처럼 같은 내용을 전달하더라도 그 언어적 구사는 리듬의 차원에서 보자면 두 박자의 구조를 지닐 수도 있고 세 박자의 구조를 지닐 수도 있다. 두 박자의 리듬이 강하고 활동적이라면, 세 박자의 리듬은 부드럽고, 편안한 느낌을 준다.

음악의 경우 두 박자와 세 박자는 시간 구조의 근본적이 분할 체계임을 인정받고 있다. 그 근본은 우리의 호흡 체계에 있으며, 두 박자는 활동, 작업, 행진의 리듬이고 세 박자는 휴식과 수면의 리듬이라고 말한다. 위에 2/4로 표시한 리듬(♩ | ♩ ♩ | ♩)은 두 박자의 활동 시의 리듬이고 3/4로

표시한 리듬(♩│♩ ♩ ♩│♩ ♩)은 휴식 시의 세 박자의 리듬이다.

이러한 리듬의 구조는 상위의 시간적 구조로 인식되어 우리의 시간의식의 좀더 깊은 곳에 자리 잡게 된다. 앞서의 시조를 다시 설명해보기로 하자. 박자 길이의 단위를 표시하자면 "태산이-/높다하되/하늘아래/뫼이로다"로 표시된다. 이는 다시 한 단계 높은 또는 의식의 좀더 깊은 곳에 있는 리듬의 반복인 "태산이-높다하되/하늘아래뫼이로다"로 바뀌어 두 개의 큰 단위로 파악된다. 도표로 표시하면 다음과 같다.

태산이-/높다하되/하늘아래/뫼이로다/

| 1 | | 1 | | 1 | | 1 | (박자 단위의 길이) |
| | 1 | | | | | 1 | (마디 단위의 길이) |

우리가 손으로 박자를 치면서 위의 구절을 읽는다면 먼저 "박자 단위의 길이"에 맞추어 네 박자로 읽을 수 있을 것이다. 그러나 좀더 큰 단위를 박자를 친다면 두 박자로 치면서 마디 단위의 길이에 맞추어 낭독할 수도 있다. 이는 마치 "봄, 여름, 가을, 겨울"의 사계절을 둘로 나누어서 "더운

계절, 추운 계절"로 나누어 생각할 수 있고 더 나아가 "작년, 올해"라는 더 큰 단위로 생각할 수 있음을 보여주는 일과 같다.

위의 "태산이−/높다하되/하늘아래/뫼이로다"를 둘로 나누어 마디 단위의 길이의 리듬으로 보았을 때에 앞쪽이 강박인지 뒤쪽이 강박인지를 생각해보는 것도 흥미로운 일이다. "약, 강"으로 읽는 것이 아무래도 자연스러울 것이다. 이 두 박이 약강이라는 확신이 생기면, 네 박자로 되어 있던 박자 단위의 길이는 "약, 약, 강, 약"으로 파악되어야 할 것이다. 이 리듬의 강세 약세는 앞으로 리듬 현상을 살펴볼 때에 중요한 한 면모가 된다.

시조의 리듬과 박자: 4·4조의 변형

박자

우리의 시조에 대해서 지금까지는 자수율(字數律)이란
설명이 지배적이었다. 그것은 다 알다시피 시조를 초·
중·종장의 세 부분으로 나누고 초장이 각각 다시 네 토막
으로 나뉘는데 이 네 토막이 지니는 글자 수의 규칙성을 가
리키는 것이다. 그래서 시조는 그것이 정규적인 경우 대충
52개의 음절로 되어 있다고 설명된다.

시조의 음률에 대한 이 설명은 한 음절이 어떤 경우에서
나 같은 음길이를 가져야 하는 것인지 아닌지에 대한 언급
이 없기 때문에 그 자체로서는 특별한 의미를 갖지 못한다.

만일 시조의 낭독에 있어서 모든 음절이 똑같은 길이로 읽혀야 한다면 그것이 산문으로서 읽히는 경우와 별로 다를 것이 없게 된다. 또 우리가 알듯이 산문에서까지도 장모음과 단모음이 있어서 이를 구별하지 않으면 의미가 통하지 않거나 바뀌는 경우도 많이 경험하기 때문에 음절의 길이에 대한 어떤 설명이 없이는 자수율은 우리에게 무엇을 설명해주지를 못한다. 다음의 시조를 읽을 경우 초장을 네 개의 박자로 나누어 읽게 된다. 요즈음 이 네 박자가 음보(音步)라고 불리고 있는데 이 용어는 적합지 않은 것 같다(음보라는 용어가 적합지 않은 것은 이 용어가 영어의 "foot"을 번역한 말이기 때문이다. "foot"은 긴 음과 짧은 음이 모여서 이루어지는 iambic, trochee 등의 패턴을 가리키는 말인데 이 개념은 리듬을 두 가지 유형으로 나누었을 때 그 한 가지인 첨가적 리듬addictive rhythm에 기초한 설명이다. 우리가 지금 박자라고 쓰고 있는 리듬은 분할적 리듬divisive rhythm의 범주에 든다. 분할적 리듬은 일정한 길이의, 말하자면 보행에서와 같은 시간적 진행이 먼저 전제된 다음, 그것을 기본으로 해서 설명되는 리듬 이론이다). 우선 띄어쓰기로 초장의 박자를 구별해보면 이렇다.

泰山이 놉다ᄒ되 하ᄂᆞᆯ아러 뫼히로다.

  위의 문장은 ∨ ∨ ∨ ∨의 박자로 읽히게 된다. 그러면 왜 "태산이"는 세 음절인데 "높다하되"의 네 음절과 같은 길이의 한 박자 안에 들어가게 되는 것일까 하는 의문이 생긴다. 앞서 설명했듯이 위의 글이 시조가 아니고 산문이라면 "태산이"는 "높다하되"가 갖는 시간의 4분의 3이 될 것이다. 다시 말하면 한 음절이 하나의 시간 단위가 되어 낭독될 것이다. 장모음과 단모음의 구별을 염두에 두지 않고 생각하면 우리말의 산문은 한 음절이 하나의 시간 단위를 가지고 발음되는 것으로 보아야 할 것이다. 위의 "태산이"를 다음의 "높다하되"와 같은 길이로 읽는 것은 이 글이 운문이라는 인식이 앞서 있기 때문에 가능한 것이다. 우리는 "태산이"와 "높다하되"를 같은 시간의 길이에 넣어서 읽음으로써 박자적 질서를 설정하게 되고 이 글이 시라는 형식을 갖추게끔 도와주게 된다. 또 그로 해서 이 글이 시임을 스스로 확인하는 것이다. 시조 낭독의 이러한 태도는 대단히 중요하다. 다음의 구절에서도 똑같은 방식으로 낭독된다.

  여보 저늙은이

"여보"와 "저늙은이"를 우리는 같은 길이의 박자로 처리한다. 산문인 경우에서는 "여보"는 "여보——"로 발음될 것이다. 즉 "보"가 "여"의 두 배의 길이를 갖는 것이다. 음표를 이용해서 표시하자면 "♪♩"가 된다. 그러나 "여보 저늙은이 짐벗어 나를 주오"라고 시작되는 시조의 경우에서는 "여보"는 "여보——" 즉 "♪♩."로 발음된다. 그것은 그래야만 "여보"와 "저늙은이"가 같은 길이를 갖게 되고 박자를 형성하기 때문이다. 이와 똑같은 경우를 우리는 "이몸 터러내여 냇물의 씌오고져"에서도 볼 수 있다. 이 경우에서도 "이몸"은 "이몸——" 즉 "♪♩."으로 낭독된다.

그런데 왜 "여보"나 "이몸"이 "♪♩."로 분할되는가 하는 의문이 생긴다. 다시 말해 "여보"나 "이몸"이 "여——보——" 또는 "이——몸——" 즉 "♩♩"이 되거나, 아니면 "여——보" 또는 "이——몸" 즉 "♩.♪"의 리듬으로 분할되지 않는가 하는 의문이다. 박자의 분할이라는 음악적 견지에서만 생각한다면 그것이 그렇게 분할되지 말아야 할 이유는 없다.

그러나 우리말의 경우 3음절로 된 단어가 첫 음절이 긴 모음으로 발음되어 뒤의 두 음절이 모인 것과 같은 길이로 발음되는 경우가 거의 없는 듯하다. "주전자" 하면 "주전자──" 즉 "♪♪♩"가 되지 "♩♪♪" 즉 "추──전자"가 되지 않는다. 이런 경우의 예는 많이 들 수 있다. "기러기" "까마귀" "소나무" "길거리" 등 모든 3음절의 단어는 앞의 두 음절이 뒤의 한 음절과 동등한 길이를 갖는 방식으로 분할된다.

그래서 "여보"나 "이몸"도 앞의 한 음절이 하나의 길이를 갖고 뒤의 한 음절이 셋의 길이를 갖는 방식으로 분할되는 것 같다. 또 하나의 이유를 들자면 "♪♩."와 같은 리듬은 과장되고 장엄하고 심각한 듯한 느낌을 주는, 다시 말해 시적인 제스처를 보여주는 리듬이기 때문에 "♩♩"보다는 시조의 낭독에 쓰이기가 더 좋은 리듬이라는 것이다. 부점이 붙은 리듬은 서양 음악사에서는 바로크 음악의 한 특징으로 지적되고 있다.

우리의 시조에는 초장의 첫 박이 한 음절로 된 시조는 없지만 만들어보면 그것이 불가능하지 않다는 것을 알게 된다.

산 놉다ᄒ되 하ᄂᆞᆯ아러 뫼히로다

위의 글이 시조에서 유래된 것이라는 전제가 없다면 문제는 달라지겠지만 시조 형식의 시라고 생각한다면 "산"은 "놉다ᄒ되"와 같은 길이의 시간, 즉 같은 박자를 가질 것이다. 물론 이때 낭독에 있어서 "산"을 조금 짧게 읽고 넘어가거나 조급한 듯이 다음으로 박자를 옮길 수 있겠지만 그것은 같은 박자로 진행된다는 의식이 있은 다음에 그것의 수정 또는 변주로서 가능하다. 앞서 예를 든 "泰山이 놉다ᄒ되"의 중장을 살펴보기로 하자.

오르고 쏘오르면 못오를理 없건마는

위의 중장 역시 네 박자의 진행이다. 그래서 "오르고"의 "고"가 긴 음절로 처리되고 있다. 그런데 여기서 우리가 주의 깊게 살펴보아야 할 곳이 "못오를理"이다. 일상 회화나 산문에서는 "못"과 "오를리"가 떨어져서 발음된다. 그래서 "못/오를리"로 읽힘으로써 "못"의 길이와 "오를리"의 길이가 거의 같게 된다. 그래서 위의 시조에서도 "못오를리"는 한 박자에 들어가지만 그 한 박자를 반으로 나누어 전반이 "못"에 주어지고 후반이 "오를리"에 주어질 수 있다. 물론 이러한 의미와 관련된 리듬 구조를 알면서 "못오를리"를 네 음절이 서로 똑같은 음길이를 갖게끔 낭독할 수도 있을 것이다. 이 부분의 박자가 어떻게 세분되는가와는 관계없이 중장 역시 네 개의 박자로 이루어져 있다. 다음에 종장에서의 리듬과 박자를 살펴보도록 한다.

사람이 제아니오르고 뫼흘놉다 ᄒ더라

종장에서도 네 개의 박자가 진행되고 있다. 그래서 "사람이"가 초장과 중장에서처럼 한 박자에 낭독되고 "이"가 긴 음절로 처리되고 있다. 그리고 셋째 박자와 넷째 박자도 한 박자로 무리 없이 처리되는 반면 둘째 박자인 "제아니오르고"의 여섯 음절은 한 박자로서 처리하기에는 무리가 생긴다. 이 여섯 음절은 두 박자로 처리할 수도 없다. 두 박자로 처리한다면 "제아니/오르고"로 나누어야 하는데 만일 그렇게 이 종장을 낭독한다면 무미건조할 뿐만 아니라 무엇이 잘못된 낭독임을 느끼게 된다. 결국 우리는 이 여섯 음절은 한 박에 읽을 수밖에 없지만 그 박의 길이를 좀 늘여야 하게 된다. 모든 평시조에 있어서 종장의 둘째 박은 늘어져 있다. 다섯 음절에서 때로는 여섯 일곱 음절에 이르게 된다.

종장의 둘째 박자가 늘어지게 되는 이유를 알기 위해 우리는 지금까지 살펴본 시조의 초·중·종장의 박자를 살펴고 그 구조를 알아볼 필요가 있다.

	1박	2박	3박	4박
초장	∨ .	∨	∨	∨
중장	∨	∨	∨	∨
종장	∨	‿	∨	∨

종장의 둘째 박을 다른 박자와 모양이 다른 기호로 표시한 것은, 이 박자가 늘어져 있는 박자임을 나타내기 위한 것이다. 위의 시조를 이처럼 박자로 표시해놓고 보면 네 박자가 세 번 진행되는 구조가 드러나게 된다. 그러면 이 네 박자는 어떤 구조를 지니게 될까. 다시 말해 강박과 약박의 관계가 어떻게 성립이 될 것인가를 살펴야 한다. 네 개의 박자 중 어느 박자가 강박일 것인가를 보기 위해 우리는 위의 시조를 다시 읽으면서 어느 한 박자에 강세를 주면서 읽어보아야 한다. 앞서 인용한 시조의 초장을 각 박자에 강세를 주면서 어느 것이 타당한 강세를 가질 수 있는가 생각해보자.

泰山이 놉다ᄒ되 하놀아러 뫼히로다

첫 박인 "泰山이"에 강세를 두고 읽어보면 첫 박에 강세를 두어서는 그 뒤의 세 박이 전체적인 형태를 갖지 못하게 됨을 느끼게 된다. 다시 말해 첫 박이 강세를 지니고 나머지 세 박이 약세를 지녀서는 이 네 박이 유기화되지 못함을 느끼게 된다. 그러면 두번째 박자인 "높다하되"에 강세를 두고 읽어보자. 이것 역시 자연스럽지가 않고 더욱이 이 문장이 전해주는 의미와 서로 어울리지 못하는 느낌을 준다. 그러나 셋째 박인 "하늘아러"에 강세를 두고 읽으면 그것이 다른 박자와 어울려서 전체의 네 박을 얽히게 만들어 전체에 통일성을 준다. 뿐만 아니라 의미의 전달 역시 가장 분명하게 이루어진다는 확신을 얻게 된다. 그 이유는 이 박자가 강박이 됨으로써 네 박자 전체에 질서가 부여되어 한 형식을 얻고 있기 때문이다. 끝 박에 강세를 두어 읽는 것도 타당하지 못함을 느끼게 된다.

그리고 보면 이 시조는 1, 2, 4박이 약세에 놓이고 3박이 강세에 놓이는 박자적 구조를 갖게 된다. 박자의 흐름 역시 리듬으로 보는 넓은 의미의 리듬의 관점에서 보자면, 이 시조의 초장은 그와 같은 리듬을 갖는다고 말할 수 있을 것이다. 모든 시조는 이와 같은 리듬 구조를 가지고 있다. 그래서 우리는 모든 시조는 초·중·종장으로 되어 있고 각 장은 네 박으로 되어 있으며 그 셋째 박이 항상 강박이 된다는 정의를 내릴 수 있게 된다. 이 구조는 "약약강약"의 구조이다. 이 박자적 구조는 의미의 전달과도 밀접한 관계를 갖는다. 강박에 출현하는 단어의 뜻이 이 시조가 전달하려는 전체의 뜻과 보다 직접 관련이 있고 의미의 계층에 있어서 높은 수준에 머물러 있다.

이 시조에서 강박에 나오는 단어는 "하늘아러"와 "못오를 理"와 "뫼흘놉다"인데, 이 세 문구의 의미는 이 시조의 주제를 직접 겨냥하고 있는 말들이다. 이 시조는 그 전달하려는 내용과 형식이 그런 점에서 일치되어 있다. 만일 그렇지 않다면 어떻게 될까. 다시 말해 산은 하늘 아래 있으므로 못 오를 리 없고 그런데도 사람들은 산만 높다고 한다는 주제가 아닌, 다른 산은 다 오를 수 있고 겁내지 않지만 사람들은 유독 "泰山"만은 오르지 못하며 그래서 "泰山"만이 유일한 산이라고 하는 주제의 시조라고 한다면 이 시조의 구조, 즉 셋째 박에 나오는 단어들인 "하늘아러/못오를理/뫼흘놉다"에 강세가 주어진 것은 잘못된 구조, 즉 형식이라고 말할 수 있다.

초·중·종장의 셋째 박이 강박의 위치를 차지하고 있기

때문에 종장의 셋째 박이 출현하기 위한 음악적 기교가 필요하게 된다. 중장의 셋째 박은 초장의 것이 반복되는 것이므로 중장의 구조는 반복의 원리에 의해 정당화된다. 그러나 세번째의 출현은 단순한 반복으로서는 음악적 구조의 정당성을 얻지 못한다. 세번째의 출현은 변화를 필요로 한다. 그래서 종장의 둘째 박자는 늘어질 필요가 생기는 것이다. 늘어지는 이유는 다음에 나올 강박의 출현을 돕기 위한 것이다.

음악에 있어서 모든 구조적 강박자는 늦어지거나 늦어지려는 경향을 갖는다. 우리는 한 노래의 끝머리에 가서 처음 시작했을 때의 선율 형태가 다시 나타나기 직전에 이르면 드디어 당신이 기다리는 것이 나온다는 것을 알려주려는 듯 그 출현의 직전을 늦추어서 노래한다. 이를 음악에서는 "리타르단도ritardando"라는 기호로 표시해서 그렇게 연주하게끔 지시한다. 구조적 강박의 지연은 음악에서뿐만 아니라 자연의 현상에서도 볼 수 있다. 농구공이 바스켓 안에 들어가기 직전, 포물선의 정점에서 속도가 늦어져서 보는 이의 호흡을 잠시 정지시켜주는 경우에서도 볼 수 있다. 또 하지나 동지에 가장 많은 혹은 적은 태양열을 받지만 가장 덥고 가장 추운 달은 한두 달 후인 8월과 1월인 것도 구조적 강박의 지연이란 개념과 통하는 리듬 현상이다.

구조적 강박의 지연은 강박을 강조하려는 목적에서뿐만 아니라 강박 출현의 지연을 우리 스스로 바라고 있다는 점에 그 묘미가 있다. 강박의 출현은 앞서 두 번이나 나왔던 현상의 재출현을 뜻한다. 이것은 규칙성의 반복이란 현상으로 우리에게 주어지는 것인데 그것으로부터의 일탈이 우리에게 만족을 주는 것이다. 그것은 만족의 지연에 대한 자진적 승인이라고 할 수 있다. 또 이 반복적 질서의 파괴는 보다 큰 질서를 만들려는 우리의 태도와 관련을 갖는다. 시조의 경우, 보다 큰 질서는 초·중·종장의 세 장을 묶으려는 질서이다. 3박에 출현한 강박은 초·중·종장의 각각을 묶는 데에 기여했으나 이 셋을 묶는 것은 그 규칙성만 가지고는 이루어지지 않는다. 그래서 종장이 첫 두 장과는 다른 점을 지님으로써 이 세 개의 장이 얽히고 유기화될 수 있는 것이다.

그러니까 우리는 이렇게 말할 수 있다. 만일 시조에 있어서 종장의 둘째 박이 음절 수가 많아짐으로써 늘어진 박자를 이루지 않고 초장이나 중장과 똑같은 박자적 구조를 갖는다면 시조가 왜 종장에서, 즉 3행에서 끝나야 하는 형식인가에 대한 음악적 정당성을 찾을 수 없게 된다고. 그럴 경우 시조는 4행 5행으로 더 계속될 수 있고 계속되더라도 그것이 음악적으로는 조금도 부자연스러운 것이 아닌 것이다. 다시 말해 멈춤 없이 계속되어야 하는 4.4조의 노래가 되는 것이다.

그러면 종장의 2박은 그것이 늘어짐으로써 가질 수 있는 음절 수에는 한계가 없는 것일까. 그 한계는 너무 길어져서 박이 두 개로 나뉘는 일이 생기기 직전까지일 것이다. 만일 둘째 박이 너무 길어져서 두 개로 분리되고 그래서 종장 전체가 다섯 박이 된다면 시조의 형식은 깨어지게 된다. 종장의 둘째 박이 여덟 음절에 도달하게 되면 박자가 둘로 나뉘게 된다. 물론 8음절을 둘로 나누지 않고 하나로 인식되어야 하는 필연적인 이유가 있다면 예외일 수 있을 것이다. 그러나 이 문제는 음절 수로만 따질 수 없는 구조적 문제이기 때문에 단순히 음절 수만 가지고 규칙을 만들 수는 없을 것이다. 그러나 일반적으로 보아 여덟 음절은 한 박자에 들어가기 어렵다고 보아야 할 것이다.

박자 내의 음절 변화

우리말에 있어서 음절 수가 줄어드는 경우를 설명하는 여러 규칙이 있지만 리듬과 관련된 규칙은 아직 없는 듯이 보인다. 구개음화·모음조화 등의 원리가 우리말의 변화를 설명하지만 리듬에 관련된 규칙은 아직 없다. 장모음·단모음의 구별마저도 둔화되어가는 마당에서 리듬의 변화를 규정하는 규칙을 제시하는 것이 어쩌면 좀 어울리지 않을지 모른다. 그러나 단어가 모여서 결합하거나 또는 뜻을 보다 정확히 전달하기 위해서 리듬의 변화가 생기는 경우를 볼 수 있다. 집과 토끼가 서로 한 단어를 이루면 처음에는 "집—토끼"로 "집"이 "토"와 "끼"가 갖는 길이의 합과 같은 길이를 갖지만 차츰 "집토끼"로서 "집"이 짧아지고 "끼"가 길어져서 "♪♪♩"의 리듬을 갖게 된다. 처음 "집—토끼"로 발음될 때에는 "♩♪♪"의 리듬을 가졌다. 이런 경우를 우리는 얼마든지 볼 수 있는데, 자신의 처를 가리키는 "집사람"의 경우에도 "집"의 음 길이가 짧아지면서 "처"라는 의미의 변화가 일어날 수 있게 된다. "개새끼"라는 말은 욕설로 쓰이는데 이때 "개"가 길게 발음되면 강아지를 뜻하는 데에 무리가 없으나 "개"가 짧게 발음되면 욕설로 변화된다. 이처럼 박자 내의 리듬에 대한 여러 현상에 대한 논의는 우리의 논의 범위를 넘어서므로 그만두고 이와 같은 전제를 가지고 시조의 문제를 논의하기로 한다.

梨花에 月白ㅎ고 銀漢이 三更인제

一枝 春心을 子規야 알냐마는

多情도 病인양ㅎ여 줌못일워 ㅎ노라

　위의 시조에서 우리는 중장의 불규칙성을 느낀다. 그 불
규칙성의 느낌은 중장을 두 가지로 읽을 수 있다는 데에 원
인이 있다. 띄어쓰기로 표시되어 있듯이 "一枝"를 한 박자
에 넣어 읽고 "春心"을 한 박자에 넣어서 읽을 수가 있다.
이렇게 읽는 방법은 앞서 「泰山이 높다ㅎ되」를 읽었던 것과
같은 방법이다. 그러나 그렇게 읽는 방법을 이미 알고 난
다음에 우리는 이 부분을 "一枝春心을 ……子規야 알냐마
는"으로 읽을 수 있다. 다시 설명하면 "一枝春心을"을 한
박자 안에 넣어 읽고 "……"을 두번째 박자에 해당하는 듯
잠깐 쉬고 다음에 "子規야"와 "알냐마는"을 3박과 4박으로
읽을 수 있다. 이렇게 짧은 쉼으로서 둘째 박의 생략을 암
시해 읽는 방법은 1, 2, 3박이 적은 음절 수를 가졌기 때문
에 오는 낭독의 단조로움을 피하는 길이다.
　이 시조의 중장의 불규칙적 낭독은 "子規"를 두드러지게
할 수 있다. 그래서 낭독 방법에 따라서는 종장의 3박인
"줌못일워"보다 "子規야"가 더 강조되는 결과를 얻을 수도

있다. 그래서 이 시조는 낭독 방식에 따라 "子規가 알고 있
다"는 의미를 이 시조의 주제로서 떠올릴 수 있다. 다음의
시조 역시 낭독에 있어서 어려움을 만나는 경우다. 물론 앞
서 경우에서처럼 규칙적으로 낭독해서 잘못된 점이 생기는
것은 아니다. 그러나 모든 형식이 그렇듯이 이미 확정된 틀
에 묶이지 않고 그로부터 벗어나려고 하는 충동을 갖는다고
전제한다면 다음의 시조 역시 그 리듬을 자세히 살펴야 할
것이다.

　울며 잡은사미 썰치고 가지마소
　草原 長程에 히다뎌 져무런니
　客窓에 殘燈도도고 시와보면 알니라

　초장의 "울며"를 한 박자로 그리고 "잡은사미"를 한 박자
로 읽을 수 있다. 그러나 "울며잡은"을 한 박자로 읽고 "사
미"를 두번째 박자로 읽는 것도 가능하지 않을까. 또는 "울
며 잡은 사미"로 모두 붙여 읽어서 한 박자 안에 넣어 읽어
치워버리고 난 다음 잠시 호흡을 주고 그러고 난 다음 "썰
치고/가지 마소"로 읽을 수있다. 그러나 "울며잡은"을 붙
여 읽는 것은 시조의 초장의 첫 박자가 네 음절이 되면 좋

지 않다는 점에 비추어보면 그렇게 읽는 것이 알맞지 않음을 느끼게 된다. 두 음절임에도 불구하고 한 박자에 읽는다는 사실을 강조하는 것은 이 글이 시조임을 알리는 첫 신호이기 때문이다. "울며잡은사미"를 한 박자로 읽는 것은 시조의 박자적 구조를 이해하고 난 뒤에 읽는 한 변주일 수 있을 것이다. 그러나 이 경우 그 변주가 처음부터 나타나고 또 심한 경우이기 때문에 시조의 네 박자 구조를 우리가 느끼지 못하게끔 만들 수도 있다.

초장의 "울며"가 두 음절로 된 박자라는 사실은 중장의 "草原"을 한 박으로 처리하는 것을 주저치 않게 한다. 그래서 "울며"와 "草原"이 서로 상응하고 있기 때문에 "原"의 음절이 강한 느낌을 가지게 되어 원래의 강박인 "히다져"를 약화하는 느낌을 주게 된다. 중장만을 분리해서 생각한다면 과연 3박이 강박의 느낌을 가질 수 있을까 하는 의문이 생기게 된다.

草原 長程에 히다져 져무런니

위의 중장은 각 박자가 동등한 길이를 갖게끔 시간을 배분하여 읽는다면 "草原"이 "히다져"보다 강한 박자임을 느끼게 된다. 그러나 이러한 미세한 박자적 변화는 이 시조가 드러내고 있는 "약/강"이라는 좀더 큰 박자적 구조를 이해하고 나면 해소된다. 이 시조가 드러내고 있는 박자적 구조는 다음과 같다.

∨(약)		∨(강)
울며잡은사미	/	썰치고 가지마소
草原長程에	/	회다져져무런니
客窓에殘燈도도고	/	식와보면알니라

위에 ∨(약) ∨(강)으로 표시한 박자는 앞서 시조의 각 장을 네 박자로 표시한 박자보다는 좀더 큰 박자이다. 좀더 큰 박자의 개념으로 본다면 모든 시조의 각 장은 두 박자로 되어 있다. 다시 말해 박자의 계층이 다른 것이다. 그리고 이 두 박자의 구조가 이 시조에서 쉽게 드러나는 이유는 음절의 수가 줄어들어 있어 두 박자가 모여 큰 한 박자를 만들기 쉽게 되어 있기 때문일 것이다.

이 시조가 두 박자의 구조로 각 행이 이루어져 있다는 사실은 처음 살펴본 시조가 네 박자의 구조로 되어 있다는 사실과 모순되지 않는다. 네 박자의 경우는 "약약강약"이었고 두 박자의 경우는 "약강"인데 "약약/강약"은 둘로 나뉘어서 앞부분이 "약"이 되고 뒤가 "강"이 되는 리듬의 보다 큰 구조를 형성하기 때문이다.

두 박자로 읽히는 경우에서도 종장의 강박 출현 직전에 늘어진 리듬이 그대로 작용하고 있는 것을 볼 수 있다. 이것은 각 행이 네 박으로 인식되거나 두 박으로 인식되거나에 관계없이 이 시조의 형식의 본질임을 드러내는 것이다. 박자를 보다 큰 질서로 보고 리듬을 그 내부의 현상으로 볼 경우 종장의 이 늘어진 음절 수를 갖는 부분은 박자에 종속되는 리듬의 한 묘미가 된다.

여기서 우리는 4 · 4/4 · 4 시조 리듬에서 음절 수가 줄어들어 7/5와 연관될 수 있음을 느낄 수 있다. 4 · 4조에서 발생한 시조 구조와, 역시 4 · 4조에서 발생한 것으로 보이는 7 · 5조의 구조가 어떤 연관을 갖느냐 하는 문제는 국어학과 국문학의 관점에서 보아야 할 문제일 것이다.

시조 형식의 변형

시조의 형식이 극단적으로 변형되는 경우를 우리는 사설시조에서 찾을 수 있다. 그 변형이 워낙 엉뚱한 것이어서 자수율의 방법으로는 설명할 수조차 없었다. 지금 우리가 바라보는 관점인 "박자적 구조"로써도 사설시조의 형식을 설명하여 평시조와 연결하기 위해서는 많은 어려움과 논란을 겪어야 할 것으로 보인다. 다음의 시조는 사설시조로 변화해가는 한 단계를 보여주는 예가 될 수 있다.

바롬은/안아닥친드시불고/구진비는/담아붇드시오는날밤에
님차져/나선양을/우슬리도/잇건이와
비바롬안여/天地飜覆ㅎ야든이/길이야아니/허고엇지하리오

위의 시조에서는 각 장을 네 박자에 얹어서 낭독할 수가 있기 때문에 시조의 박자적 구조는 아직까지 지각되는 구조로 남아 있다. 시각적으로 박자의 구별을 쉽게 인식하기 위해서 '/'로 표시하였다. "바롬은"이 첫째 박자이고 그와 같은 시간의 길이를 갖는 둘째 박자에서 "안아닥친드시불고"가 읽혀야 한다. "구진비는" 역시 셋째 박이고 "담아붇드시오는날밤에"가 넷째 박이 된다. 제2박과 4박이 갖는 변칙적인 음절 수의 증가를 보상해주기 위해서 이 둘은 구문적인 상응성을 갖는다. 또한 제2박와 4박이 약박이므로 변화를 주기에 더 적합한 박자라고 볼 수 있다. 약박의 변형은 구조의 흔들림에 덜 영향을 주기 때문이다. 첫 박과 셋째 박이 주어의 어미를 가지고 있고 그것의 서술부인 2박과 4박에는 "드시"라는 같은 어미가 "불고"와 "오는" 앞에 놓여 있다. 이러한 구문적 구조 때문에 그 음절 수가 엄청나게 늘어났음에도 불구하고 우리는 초장이 네 박자의 구조를 가지고 있음을 수긍하게 된다. 이 변화를 다시 암시하듯이 중장은 평시조와 다름없는 규칙성을 띠고 있다. 초장의 음절 수의 증가에 비하면 불균형을 이룰 만큼 규칙적인 음절 수로 중장이 이루어져 있지만 의미의 진행에서 본다면 전혀 불균형이 느껴지지 않는다고 해도 과언이 아니다. 초장과 중장의 의미의 진행만을 요약하면 다음과 같이 된다.

바람이 많이불고 구진비가 오는밤에
님차져 나선모습 웃을이도 있겠으나

위의 의미의 진행이 너무도 또박또박한 것이기 때문에 우리는 앞서의 시조에서 초장의 박자적 유희가 재미있게 느껴지게 된다. 그리고 초장에 8음절과 10음절을 읽어야 했던 같은 길이의 시간에 중장의 4음절을 읽어야 하기 때문에 우리는 비장한 맛을 느낀다. 물론 낭독을 하면서 초장의 2박과 4박의 길이와 같은 길이로서 중장의 2박과 4박을 읽을 수 없음을 확인한다. 다시 말해 중장의 2박과 4박은 줄어들게 마련이지만 이 변화가 우리에게 어떤 감동을 주게 된다.

종장은 초장에 비하면 음절 수의 변화가 적은 듯이 보인다. 첫 박은 다섯 음절이고 둘째 박은 여덟 음절에 이르고 있다. 그런데 셋째 박을 "길이야"만으로 낭독하게 되면 다음의 박자가 "아니허고 엇지하리오"가 한 박자 안에 들어가 "아니"가 이곳에 연결될 수 있지마는 박자적 균형이 지나치게 일그러지는 듯이 느껴진다. 이 불균형 때문에 3박은 "길이야"의 세 음절로서는 견딜 수 없게 된다. 이 구문적 저항을 이겨내고 "길이야아니"가 연결됨으로서 박자적 균형을 획득하고 동시에 부정을 먼저 해놓고 보는 의미 진행의 묘미를 만들게 된다.

이 시조의 독특한 형식을 의미의 진행과 연결해봄으로써 이 시가 전해주고 있는 어떤 내용이 두드러져 나타나게 되는지를 살펴보자. 이 시조에서는 중장의 제2박이 늘어져 있음으로 해서 얻어지는 긴장감은 이미 약화되어 느껴지지 않는다. 그 결과 종장 3박에 오는 강세의 강조도 엿볼 수 없게 되었다. 종장은 이제 이 시조를 끝맺어준다는 역할 이상을 못 하고 있다. 의미의 차원에서 보더라도 종장은 새로운 내용이나 초·중장에서 유도된 결론을 갖지 못하고 있다. 그러나 중장은 규칙적 박자를 지키고 있다는 고집 내지는 보수성 때문에 두드러져 나오게 된다. 그래서 우리는 이 시조의 중장의 뜻이 머리에 남게 되고 중장에서 강한 인상을 받았음을 뒤늦게 확인한다. "님 찾아나선 모습을 웃는 사람도 있을 것이다"는 내용이 이 시조의 주제가 되는 것처럼 보인다.

사설시조의 복잡성으로 옮겨가기 전에 우리는 다음의 예를 거쳐야 할 것 같다.

바롬도/쉬여넘ᄂᆞᆫ고기/구름이라도/쉬여넘ᄂᆞᆫ고기

山眞이/水眞이/海東靑보라미라도다쉬여넘ᄂᆞᆫ/高峰長域嶺
고기

그넘어/님이왔다ᄒᆞ면/나ᄂᆞᆫ아니훈番도/쉬여넘으리라.

위의 시조에서도 '/'로 그 박자를 표시했다. 초장의 박자 구분에 있어서는 별 문제가 없지만 중장에서는 박자를 넷으로 나누기가 퍽 어렵다. 위에 표시했듯이 박자를 구분하고 나면 "海東靑보라미라도다쉬여넘ᄂᆞᆫ"이 1박과 2박인 "山眞이"와 "水眞이"에 비해 너무 길게 된다. 그러나 "山眞

이 水眞이"를 붙여서 첫 박을 만들면 다음과 같이 박자가 구분되어야 하는데 이것은 앞서의 박자 구분보다 더 부자연스럽다.

山眞이水眞이/海東靑보라미라도/다쉬여넘는/高峰長域嶺
고기

"山眞이水眞이"의 여섯 음절이 첫 박이 되면 우선 그것이 초장의 구조와 같은 상응성을 상실하게 된다. 초장에서 제1박이 "바룸도"가 세 음절이었기 때문에 "山眞이"가 독립되어 이와 시퀀스를 이루는 것이 바람직하다. 또한 초장의 제2박과 4박은 6음절로서 서로 시퀀스였는데 이 반복이 "山眞이/水眞이"에서 울리고 있음을 우리는 조심스럽게 인지할 수 있는 것이다. 여하간 "山眞이水眞이"를 붙여서 첫 박으로 만든 위의 구절을 읽어보면 그 리듬의 흐름이 무미건조하고 인위적임을 느낄 수 있다. 그래서 위의 구절이 아무리 음절 수로 보다 적당한 박자 구분인 듯이 보이더라도 그것이 시조의 낭독에 적합지 않음을 알 수 있다.

그래서 "山眞이"와 "水眞이"를 갈라서 두 박으로 읽고 "海東靑보라미라도다쉬여넘는"을 조금 늘어지긴 했어도 한 박자에 다 읽어치우고 나면 다음의 "高峰長域嶺고기"가 상승세를 타고 낭독의 음높이가 올라가게 됨으로써 이 넷째 박과 구조적으로 대칭하고 있는 종장의 4박인 "쉬여넘으리라"가 살아나게 된다. 종장은 흔히 3박이 강세를 띠어 고조되고 음고가 올라가게 되는데 이 시조의 경우는 넷째 박의 첫 부분, 즉 "쉬여"에 강세가 주어지게 낭독하는 것이 자연스럽게 느껴진다. 그 이유는 "나는아니훈番도"가 늘어져 있는 느낌을 받기 때문이고 또 앞서 말했듯이 중장에서 고조된 제4박과 종장의 제4박이 구조적으로 상응하고 있기 때문이다. 따라서 여기서는 각 장의 셋째 박이 강박자라는 평시조의 구조의 변혁이 일어난 셈이다. 의미의 차원에서 보자면 초장에서 이미 이 "쉬여"가 강세를 띠었음을 상기해야 할 것이다. 초장의 2박과 4박에서 "쉬여넘는"이 반복되었음으로 해서 초장 자체가 "약강약강"의 경향을 띠었다. 그래서 종장의 제4박의 첫 두 글자인 "쉬여"가 강조되는 것 같다. 이 시조의 묘미는 "쉬여넘는다"에 있다. 쉬지 않고는 도저히 넘을 수 없는 고개인데 작자는 한 번도 쉬지 않겠다고 말하면서 실은 자신이 없는 모양인지 "아니"를 "한番도" 앞으로 가져다 감추고도 "쉬여넘으리라"를 구조적 강박에 위치시킴으로써 "쉬고" "쉬지 않고"의 긴장을 만들고 있다.

이 긍정과 부정의 긴장감이 맴돌고 있게끔 이 시조의 형식을 만들기 위해서 앞서 말한 낭독의 변형이 모두 정당성을 갖게 될 것이다.

사설시조

사설시조에 이르면 우리는 시조라는, 4박으로 이루어진 3행의 문장이 만든 한 형식이 발전하여 드디어 쇠퇴해버리는 형식의 발생과 성장과 쇠퇴를 느끼게 된다. 그것은 이미 살펴본 음절 수의 무절제한 변화와 박자의 모호함이 수반되면서 일어나는 현상이다. 시조의 음절 구조를 엄청나게 벗어난 다음의 경우를 살펴보면 이것이 시조라는 테두리 안에 머물러 있다는 사실이 의아하게 생각될 것이다.

나모도 돌도 바이업슨 뫼에 미게 쏫친 불가토리 안과 大川 바다 흐가온더 一千石 시른 大中舡이 노도 일코 닷도 일코 돗더도 것고 뇽총도 쓴코 키도 쌔지고 ㅂ롬부러 물결치고 안기 뒤셧거 ㅈㅈ진 놀의 갈길은 千里萬里 남고 四面이 거머어둑 天地寂寞 가치노을 쎠는더 水賊 만난 都沙工의 안과 엇그제 님 여흰 안이야 엇다가 ㄱ을 ㅎ리요.

이 시조를 3장으로 나누면 다음과 같이 될 것이다.

〔초장〕 …… 미게 쑷친 불가토리 안과
〔중장〕 …… 天地寂寞 가치노을 쎠눈디
〔종장〕 …… 엇다가 ㄱ을 흐리요.

이와 같이 3장을 나눈 데에는 의미론적인 뒷받침이 있다. 이 시조의 긴 이야기는 요약하자면 세 개의 마음을 대비시키는 것이다. "나무도 돌도 전혀 없는 산에서 매에게 쫓기는 불까토리의 마음"과 이번에는 산과 대칭이 되는 바다, 즉 "대천 바다 한가운데서 태풍을 만나 파선된 배가 다시 해적들을 만나게 되었을 때의 사공의 마음"과 "엊그제 님을 잃은 마음"의 세 마음이야 어디에다 비교할 수 있겠는가 하는 긴 이야기이다. 그래서 만일 이 글이 시조의 범주에 들고 그럼으로써 3행, 즉 초·중·종장으로 나뉘어야 한다면 위의 3행 구분이 타당한 것으로 보인다. 3장의 내부를 다시 4박으로 나누어 적어보면 다음과 같다.

〔초장〕 나모도돌도/바이업슨뫼에/미게쑷친/불가토리안과
〔중장〕 大川바다흔가온디一千石시른大中舡이/노도일코

닷도일코돗덕도것고눙총도슨코키도썬지고/ㅂ룸부
러물결치고안기뒤셧거ㅈㅈ진놀의/갈길은千里萬里
남고四面이거머어둑天地寂寞가치노을쎠는딕

〔종장〕水賊만난都沙工의안과엇그졔님여흰안이야/엇다
가/ㄱ을/ᄒ리요.

　이와 같이 3장을 나누고 각 장의 박자를 결정하고 읽어보
면 다음과 같은 다른 방식의 낭독이 가능함으로써 문제가
제기된다. 먼저 종장의 시작을 "水賊만난……"에서 시작해
야 할지 아니면 "水賊만난都沙工의안과"까지를 중장에 넣고
"엇그졔님여흰안이야"에서부터 종장을 시작할 수 있지 않
는가 하는 의문이 제기된다. 초장의 "……불가토리안과"라
는 초장의 끝머리와 종장의 "都沙工의 안과"라는 중장의 끝
머리가 서로 시퀀스를 이루는 것은 초장과 중장을 서로 상
응시킴에 있어서 아주 좋은 각운(脚韻)이 될 수 있다. 그러
나 그렇게 초장과 중장을 결정해놓고 나면 중장은 다음과
같이 된다.

　엇그졔님여흰안이야/엇다가/ㄱ을/ᄒ리요

그러나 위와 같이 중장과 종장을 나누어 실제로 읽어보면 낭독의 호흡이 중장의 끝머리에서 억지로 정지됨을 느끼게 된다. 바꾸어 말하면 중장의 끝머리는 낭독의 속도와 리듬에 의해서 종장의 첫머리에 엉겨 붙게 되는 경향을 지닌다.

다음에 종장을 우리가 처음 설정한 것과 같이 구분하여 낭독할 때 종장 자체의 박자 구분을 다음과 같이 할 수 있지 않느냐는 의문에서 문제가 제기된다. 종장은 다음과 같이 박자 구분이 될 수 있을 것이다.

水賊만난都沙工의 안과/엊그제님여횐안이야/엇다가/ᄀ을ᄒ리요.

위의 박자 구분은 낭독할 수 있는 방법이 될 수 있을 것이다. 그러나 종장의 낭독을 위의 것을 택하느냐 아니면 앞서의 것을 택하느냐 하는 것은 "엇다가 ᄀ을 ᄒ리요"를 어떤 호흡으로 처리하느냐에 달려 있다고 하겠다.

이처럼 종장의 결정과 내부의 박자 구분에 몇 가지 이론이 가능한 것에 비하면 초장은 아무 문제 없이 그 박자를 구분할 수 있다. 초장은 각 박자 안의 음절 수가 증가되기는 했지만 이를 한 박자로 생각하면서 읽어나가는 데에 무리가 없다. 그러나 중장은 몹시 확대되어 있어서 이 긴 중장을 네 박자로 나누는 것이 가능한가라는 의문이 생긴다. 다시 말하면 중장의 네 박자 구조는 이미 포기된 것이 아닌가 하는 의문이 생긴다.

이렇게까지 음절 수가 늘어나면 중장의 형식은 포기된 바나 다름이 없다. 그러나 우리가 중장을 여전히 네 박자로 볼 수 있는 이유는 초장이 네 박자를 설정해놓았기 때문이다. 그래서 보다 긴 호흡으로서의 박자를 염두에 두고 나누어본 것이 앞에 제시한 중장의 박자 구분이다.

중장은 첫 박은 17음절인데 이것은 다시 네 박으로 나뉘어 있다. 그리고 둘째 박은 23음절인데 이는 다시 다섯 박으로 나뉘고 셋째 박은 18음절이고 다시 네 박으로 나뉜다. 그리고 끝 박은 모두 27음절이고 7박으로 나뉠 수 있다.

음절 수	4 4 5 4	4 4 5 5 5	4 4 5 5	3 6 3 4 4 4 3
세분된 박자	∨ ∨ ∨ ∨	∨ ∨ ∨ ∨ ∨	∨ ∨ ∨ ∨	∨ ∨ ∨ ∨ ∨ ∨ ∨
큰 박자	∨	∨	∨	∨

앞의 표에서 큰 박자로 표시한 박자는 평시조의 박자와 같다. 이 박자는 평시조를 읽을 때에는 낭독과 함께 그 박

자가 느껴졌으나 위의 경우에서는 이 박자는 구조의 박자로
계층이 바뀌어 있다. 이 시조는 평시조로부터의 변형인데
그 변화가 중장에 집중되어 있다. 만일 초장과 종장까지도
중장에서와 같은 변형을 이루고 있다면 우리는 이 시조를
시조로 확인할 수가 없을 것이다. 시조 형식의 변형은 이
점에 한계가 있고 이 한계를 넘으면서 시조의 형식은 없어
져버린다. 우리는 그런 예를 자수가 늘어난 시조에서 쉽게
찾을 수 있다.

〔초장〕 위딕밍공이다섯/아레딕밍공이다섯/景福宮 압연못
　　　세잇는밍공이연닙하나쑥싸물쎠두루처이구수은장
　　　수허는밍공이다섯/三淸洞밍공이六月소낙이의쥭은
　　　어린이나막신짝하나으더타고가진풍유하고서뉴하
　　　는밍공이다섯/
〔중장〕 四五二十스무밍공이/慕華舘芳松里李周明네집마
　　　당가의포김포김모이더니밋톄밍공이아구무겁다밍
　　　공허니/윗밍공이는뭣시무거우냐장간치마라작갑시
　　　럽다군말된다허구밍공/그중의어느놈이상시럽구밍
　　　낭시러운수밍공이냐/
〔종장〕 綠水靑山깁흔물의白首風塵홋날리구/孫子밍공이

무릅혜안치구저리가거라뒤티를보자이리오너라압티를보자짝짝궁도리도리잘나러비훨훨지룽부리는밍공이슈밍공이루아라더니/崇禮門박썩녁다러七쯰팔쯰靑쯰비다리쪽제굴네거리里門洞四거리靑쯰비다리첫둘셋넷다섯여섯일굽여덜아홉널지미나리논의방구퉁쥐구눈물쇠죄죄흘리구오좀잘금싸구노랑머리복쥐여틋구엄지장가락의된가러침비터들구두다리쏘쪼/깁흑헌방축밋톄남알가용올리는밍공이슈밍공인가/

  위의 시조를 시조라고 부르는 것에 대해 나는 찬성하지 않는다. 초 · 중 · 종장으로 나누었고 각 장을 다시 네 박자로 나누었지만 그것은 아무런 의미가 없다. 다시 말하면 억지스러운 구분에 불과하다. 이 시조에 이르면 시조 형식은 파괴된 것이나 다름없다. 조윤제(趙潤濟)는 『조선시가연구(朝鮮詩歌研究)』(p. 181)에서 「정읍사(井邑詞)」의 자수와 시조형을 비교하고 있다. 나의 생각으로는 「정읍사」는 시조의 원형이 될 수 있는 리듬적 구조를 지니고 있기 때문에 이에 대해 간단히 살펴보는 것이 필요할 것 같다. 「정읍사」의 띄어쓰기와 행을 임의로 바꾸어 적는다.

돌하 노피곰도두샤 어긔야머리곰 비취오시라

　　어긔야어강됴리아으다롱디리

준져재 녀려신고요 어긔야즌디를 드디욜셰라

　　어긔야어강됴리아으다롱디리

어느이다 노코시라 어긔야내가논디 졈그롤셰라

　　어긔야어강됴리아으다롱디리

위의 시에서 "어긔야어강됴리아으다롱디리"라는 흥에 겨운 입타령은 후렴으로 여러 사람에 의해 응답되는 것으로 보아서 생략하고 그 앞의 3행을 생각하면 그것은 시조의 3행에 해당되는 형식일 수가 있다. 그리고 띄어쓰기로 표시하였듯이 각 행은 네 박자로 되어 있고 제3박은 강박의 특색을 부여하기 위해 "어긔야"가 의미 진행과 관계없이 첫머리에 얹혀 있다. 그리고 이 "어긔야"가 3박에 얹혀 있다는 사실은 강박 구조를 도입한 박자, 즉 리듬의 현상으로서가 아니고는 설명될 길이 없는 듯이 보인다. 그리고 시조 형식에서와는 다르지만 3행의 박자적 진행의 느낌이, 즉 그 낭독의 리듬감이 1행과 2행에서와는 많이 다른 것을 느끼게 된다. 그것은 "노코시라"가 앞서 1, 2행에서보다 음절이 줄어들었고 "어긔야 내가논딕"는 역시 1, 2행에서보다는 음절이 늘었기 때문에 일어나는 현상이다.

또한 순수히 음악적인 입장에서 보자면 "어긔야어강됴리 아으다롱디리"는 7 · 5조의 리듬과 같은 것이다. "어긔야어 강됴리"가 7에 해당하며 여기서 호흡이 주어지고 그다음의 "아으다롱디리"가 6음절이지만 7 · 5조의 5에 해당한다. 후에 살피겠지만 7 · 5조 역시 나의 의견으로는 시조의 각 행의 네 박자 구조와 크게 다를 것이 없는 리듬이고 그 네 박자의 변형으로 볼 수 있는 것이다. 이러한 문제는 시조 형식의 뒤를 잇는 시인들의 시에서 살피게 될 것이다.

김소월: 7·5조의 변형

소월(素月, 본명 김정식, 1902~1934)의 시를 이해하기 위해서 우리는 7·5조를 이해해야 할 것이다. 7·5조의 재미있는 변형을 소월에서 찾을 수 있는 반면 가장 무미건조한 7·5조 역시 소월의 시에서 발견되기 때문이다. 소월의 「옛이야기」를 읽으면 규칙적인 7·5조가 무엇인지 곧 알게 된다.

고요하고 어두운 밤이오면은
어스레한 등불에 밤이오면은
외로움에 아픔에 다만혼자서

하염없는 눈물에 저는웁니다.

위의 시행은 4·3·5 음절의 규칙으로 되어 있다. 그런데 4음절이 한 박자에 낭독되고 그다음 3음절이 한 박자에 낭독된다. 그런데 "밤이오면은"에 해당하는 5음절은 "밤이"까지가 한 박자이고 "오면은"이 다음 한 박자에 읽힌다. 그러나 이 두 박자는 서로 엉겨 붙어서 박자의 명료성을 잃고 있다. 그러나 좀더 큰 호흡의 박자를 염두에 두고 읽으면 다음과 같이 나뉜다.

고요하고 어두운/밤이오면은

그래서 앞의 7음절과 뒤의 5음절이 큰 박자를 이루기 때문에 7·5조라는 이름이 붙었을 것이다. 이것을 박자의 길이를 나타내는 음표로 표시하면 다음과 같이 된다.

♪ ♪ ♪ ♪   ♪ ♪ ♩   ♪ ♪ ♪ ♪ ♩
고요하고   어두운 / 밤이오면은

이것을 ♪♪♪♪/♪♪♩/♪♪/♪♪♩/으로 표시하면 리듬의 진행은 '/'선으로 표시했듯이 네 박자를 이루게 된다.
즉, 4/3/2/3의 네 박자이다. 그러나 실제 낭독에 있어 5음
절에 해당하는 두 박은 한 박이 조금 길어진 듯한 시간 내
에서 낭독될 수 있기 때문에 이 박자는 3박자로 그 낭독이
이행될 수 있는 소질을 지니고 있다고 할 것이다. 7·5조
에 있어서 4·3·5가 때로는 3·4·5로도 바뀌는데 이런
경우를 같은 시인 「옛이야기」에서 찾을 수 있다.

그때는 지난날의 옛이야기도

〔……〕

그런데 우리님이 가신뒤에는

〔……〕

"그때는 지난날의 옛이야기도"의 리듬은 ♪♪♩/♪♪♪♪/
♪♪♩의 모습을 띨 텐데 제2박과 제3박의 첫 부분이 같고,
같은 것이 연달아 나오기 때문에 재미가 없는 리듬이 된다.
그러나 4·3·5의 규칙성이 지루해질 때에는 3·4·5를
사용하여 그 지루함을 덜 수 있다. 7·5조의 시에서는 이
것이 겨우 리듬을 다루는 기법인 셈이다. 그렇기 때문에 모
든 장모음은 7·5조의 낭독에서는 희생당하지 않을 수 없

게 된다. 7 · 5조의 경우에서는 4 · 3 · 5나 3 · 4 · 5일 경우
3에 해당하는 끝음과 5에 속하는 두 음만이 장모음일 수가
있다. 다음에 상점을 표시한 음절은 길게 발음될 수 있다.

산위에 올라서서 바라다보면
가로막힌 바다를 마주건너서

5음절에 해당하는 "바라다보면"의 "다"가 조금 길게 발음
되고 싶어 하는데 이것이 바로 "바라다"와 "보면"이 원래
시조의 3박과 4박에 해당하는 것이었음을 보여주는 일이
다. "마주건너서"에서도 똑같은 현상을 볼 수 있다.

앞서 우리가 7 · 5조의 연원으로 생각할 수 있지 않을까
라고 말한 「정읍사」의 후렴을 살펴보자.

어긔야 어강됴리 아으다롱디리

여기서도 역시 상점한 음절이 길어지고 상승세, 즉 음고
가 올라가려는 경향이 보인다. 시조의 한 구절을 7 · 5조로
변형시켜서 앞서의 7 · 5조의 한 구절과 정읍사의 후렴을
나란히 놓고 읽어보면 그 관계를 느낄 수 있다.

어긔야 어강됴리 아으다롱디리　　　　　─〔정읍사〕

梨花에 月白ᄒ고 銀漢 三更에　　　　　─〔시 조〕

한때는 많은날을 당신 생각에　　　　　─〔소월의 시〕

　위의 구절은 모두 원래 네 박자의 구조였는데 3박이 두 음절로 줄어들어서 변형을 일으킨 것으로 보아야 할 것이다. 둘째 줄은 "梨花에 月白하고 銀漢이 三更인제"를 7 · 5조로 필자가 임의로 변경한 것이고 셋째 줄은 소월의 「님에게」의 첫 행이다. 내 생각으로는 정읍사의 후렴이 그 앞의 네 박자를 들은 뒤에 잇달아 부른 구절이므로 4박자형의 변형일 가능성이 대단히 높다. 그래서 이 후렴이 또한 7 · 5조의 원형이고 정읍사가 백제 시대의 것이라면 7 · 5조의 시 형식 역시 그 근원이 「정읍사」에 있는 것이 아닌가 싶다.

　소월의 전형적인 7 · 5조의 노래를 예로 들고서 우리는 7 · 5조의 내부의 리듬을 살펴보기로 하자. 다음에 상점을 친 음절은 그 박자 안에서 강세 또는 음고가 상승되는 음절이다.

　한때는 많은날을 당신생각에

밤까지 새운일도 없지않지만
아직도 때마다는 당신생각에
축업은 베갯가의 꿈은있지만

낮모를 딴세상의 네길거리에
애달퍼 날저무는 갓스물이요
캄캄한 어두운밤 들에헤매도
당신은 잊어버린 설움이외다

당신을 생각하면 지금이라도
비오는 모래밭에 오는눈물의
축업은 베갯가의 꿈은있지만
당신은 잊어버린 설움이외다

「님에게」라는 제목의 위의 시를 낭독하자면, 5음절에 해당하는 부분을 온전한 길이의 두 박자로 나누어서 읽기에는 불편함을 느낀다. 5음절은 2·3으로 나뉘는데 두 음절로 된 첫 부분이 한 박자에 처리하기에는 너무 음절이 적어진 것이다. 둘째 연에서 5음절의 강세 음절이 두 번 바뀐 것을 제외하면 각 박자의 내부의 리듬도 엄격하게 규칙적이다.

이 리듬은 표시하면 다음과 같이 된다.

· · ´	· · · ´	· ´ · · ·
♪ ♪ ♩	♪ ♪ ♪ ♪	♪ ♪ ♪ ♪ ♩
약	약	강

이 리듬을 구음으로 표시하면 "따따딴 따따따딴 따딴따
따따"가 된다. 소월의 시는 바로 앞서 제시한 7 · 5조의 테
두리 안에서 그 내부의 리듬에 변형을 주려는 노력에서부터
그의 시가 시작된다. 7 · 5조의 테두리 안에서 그와 같은
내부 리듬의 자유를 얻기 위해 애쓴 흔적이 있는 다음 시가
발견된다.

그립다   말을할까   하니그리워

그냥갈까   그래도   다시더한번

저산에   까마귀   들에까마귀

서산에도   해진다고   지저귑니다

앞강물   뒷강물   흐르는물은

어서따라   오라고   따라가자고

흘러도   연달아   흐릅디다려

이 시가 7 · 5조의 테두리 안에서 리듬의 변화를 얻으려
고 한 점은 7음절이 3 · 4로 시작했다가 제2행에서 4 · 3이
되고 3행에서는 3 · 3이 되는 데에서 찾을 수 있다. 이 변화
는 그다음 행에서도 계속되어 4 · 4로 옮겨가게 된다. 그러
니까 7음절의 변화는 3 · 4, 4 · 3, 3 · 3, 4 · 4의 네 가지의
변화를 이루고 있다. 음절 수로만 보아도 이 변화는 다양한
것이지만 그 변화 때문에 일어나는 리듬의 변화를 이해하고
나면 이 변화의 역할이 대단히 중요하다는 것을 느끼게 된
다. 첫 두 행에서는 다음과 같이 강세가 주어진다.

그립다　　　말을 할까　　　하니그리워
그냥갈까　　그래도　　　　다시더한번

"다"에서, 즉 첫 박의 끝음절에 붙은 악센트가 다음 행에
서는 "도"로 옮겨지는데 이것은 둘째 박의 끝음절인 것이
다. 이 변화는 7 · 5조의 단조로움을 잠시 잊게 해준다. 다
음 3행에서의 변화는 더 커진다.

서산에　　　가마귀　　　들에가마귀

서산에도　　　해진다고　　지저`·``⌣``⌣`ㅂ니다

"에"와 "귀"에 강세가 약간 따르는 것은 이들이 3음절의 끝음이기 때문이고 앞서 첫 2행이 리듬 세가 계속되기 때문이다. 그러나 다음 행인 "서산에도……"에서는 1박과 2박이 모두 네 음절임으로 해서 특별한 강세가 주어질 모음이 없게 된다. 그래서 이 4행은 조용한 리듬의 흐름을 지니게 된다. 여기서 우리가 생각하고 지나가야 할 것은 "서산에도"나 "해진다고"나 어느 것이나 쉽게 3음절로 바꿀 수 있다는 점이다. "서산에도"는 필요하다면 "서산에"라고 3음절로 줄여서 안 될 것이 없고 또한 "해진다고"도 리듬상 필요하다면 "해진다"로 고칠 수가 있다. 그럼에도 불구하고 4행에서 4·4의 음절이 나타난 것은 리듬의 어떤 계획 또는 느낌에 그 변형의 이유가 있는 것이라고 생각해야 할 것이다.

이와 같은 변화는 그 후에도 계속된다. 다만 4·4의 음절은 다시 나타나지 않는다. "앞강물 뒷강물"이나 "흘러도 연달아"의 경우에 3·3의 음절이 쓰인 것은 낭독의 속도를 약간 빠르게 할 수 있어서 물이 흐르는 이미지와 리듬의 이미지가 서로 잘 어울리는 것으로 보인다.

앞서 상점을 찍어 강세를 나타낸 방법으로 이 시 전체를 다시 읽어보자.

그립다   말을할까   하니그리워
그냥갈까   그래도   다시더한번
저산에   까마귀   들에까마귀
서산에도   해진다고   지저귑니다
앞강물   뒷강물   흐르는물은
어서따라   오라고   따라가자고
흘러도   연달아   흐릅디다려

악센트를 표시한 위의 점들은 읽는 사람에 따라 조금 달라
지는 경우가 있을 것이다. 그것은 자신의 어투와 관련된 것
일 수도 있고 방언의 영향일 수도 있을 것이다. 또한 제1행
에서 예를 들자면 4음절인 "말을할까"의 "까"에는 강세가
없는 것으로 생각할 수 있다. 또 강세가 있더라도 "그립다"
의 "다"보다는 약하다고 말할 수 있을 것이다. 더 강한 악
센트와 덜 강한 악센트에 대한 구별은 낭독의 뉘앙스와 관
련되는 것이기 때문에 논의하기 어려운 듯이 보인다. 6행에
서 "어서따라"에서 "따"에 강세가 주어지게 읽을 수도 있다.
  이 시에서 운율에 대한 주목할 점은 첫 두 행의 "하니"와

"다시"가 모음 구조의 일치를 보이고 있으며 강박에 놓여 서로 맞보고 있다는 점이다. 또한 3행과 4행에서는 "들에" 와 "지저"가 뒷 음절에 강세가 붙어서 서로 상응하고 있는 점 역시 1, 2행이 서로 응결하듯 3, 4행이 응결하여 하나의 단락을 이루는 데에 도움을 준다.

7·5조의 틀 안에서 섬세한 리듬의 변화를 주려는 시를 우리는 여러 개 발견할 수 있다. 「진달래꽃」도 그런 형식의 시이다. 이 시도 역시 「가는 길」처럼 한 행이 세 박자로 나뉘고 끝 박이 조금 긴 듯한 느낌을 주는 박자감을 준다. 다음에 「진달래꽃」을 띄어쓰기로 박자 표시를 하고 박자 내의 리듬적 강세를 상점을 찍어 제시한다.

나보기가   역겨워   가실때에는
말없이   고이보내   드리우리다
영변에   약산   진달래꽃
아름따다   가실길에   뿌리우리다
가시는   걸음걸음   놓인그꽃을
사뿐히   즈려밟고   가시옵소서
나보기가   역겨워   가실때에는
죽어도   아니눈물   흘리우리다

「진달래꽃」을 이렇게 써놓고 읽으면 그것의 골격이 7 · 5 조임을 부정할 수가 없다. 그러나 7 · 5조의 단조로움을 섬세히 피하고 있는데 그 가장 멋있는 일탈이 "영변에 약산 진달래꽃"의 제3행이다. 음절 수로만 생각하면 3행은 7 · 5조일 수가 없다. 그러나 이것이 7 · 5조가 아니라면 그것은 아무 재미가 없는 운율이 되고 만다. 다시 말해 그것이 7 · 5조의 변형이기 때문에 묘미가 생기는 것이다.

이와 같은 음절의 변화가 일어나는 과정을 이해하기 위해 우리는 「먼 후일」을 읽은 다음에 「산유화」를 읽어야 할 것이다.

먼훗날 당신이 찾으시면
그때는 말없이 「잊었노라」

당신이 속으로 나무라면
「무척 그리다가 잊었노라」

그래도 당신이 나무라면
「믿기지 않아서 잊었노라」

오늘도 어제도 아니잊고

먼훗날 그때에 잊었노라.

이 시는 3 · 3 · 4의 음절 수의 자수율을 가지고 있다. 그런데 이것은 7 · 5조와 비교해볼 때 6 · 4의 자수율이 되고 6은 7 · 5조의 7에 해당하는 것이고 4는 7 · 5조의 5에 해당하는 것이다. 그것은 7 · 5조의 박자 구조나 6 · 4의 박자 구조가 같은 것을 보면 알 수 있는 일이다. 7 · 5조에서 7은 3 · 4였거나 4 · 3이었는데 6 · 4에서는 3 · 3으로 되어 있고 7 · 5조의 5는 6 · 4에서는 4로 줄어들어 있다. 그래서 6 · 4조는 그것이 3박자임이 더욱 분명해진다. 7 · 5조에서는 5음절 내에 박자 내의 내부적 리듬이 문제가 되었고 섬세함을 지녔으나 6 · 4에서는 4 안에 박자 내의 내부적 리듬이 없어져버린 것이다. 그래서 나의 의견으로는 6 · 4가 7 · 5 다음에 나타난 형식이라고 한다면 그것은 3박자를 뚜렷이 하기 위해 셋째 박의 섬세함을 희생한 경직된 형식으로 잘못 진화된 것이다.

리듬의 입장에서 보자면 「먼 후일」은 「가는 길」이나 「진달래꽃」보다 못한 시인 셈이다. 「산유화」를 보면 6 · 4조로의 퇴행 없이 7 · 5조 안에서의 자유를 한껏 누리며 시의 리듬을 구성해가고 있음을 알게 된다.

산에는	꽃피네	꽃이피네
갈봄	여름없이	꽃이피네
산에	산에	피는꽃은
저만큼	혼자서	피어있네
산에서	우는	작은새여
꽃이좋아	산에서	사노라네
산에는	꽃지네	꽃이지네
갈봄	여름없이	꽃이지네

「산유화」에서는 자수율이 3 · 3 · 4가 그 틀로 되어 있지만 앞서의 「먼 후일」과는 다르게 많은 변화를 주고 있다. 그것은 "산에 산에 피는꽃은"에 이르러 절정을 이루는데, 이 3행은 두 음절이 연속되어 나옴으로써 그 하나하나를 한 박자에 넣어서 낭독하기가 어려울 정도이다. 그러나 이것은 아직까지 7 · 5조의 그 틀에 묶여 있는데 그 이유는 위의 시가 그 한 행을 크게 나누라고 하면 7 · 5조가 나뉘는 7과 5 사이와 같은 위치에서 큰 분할이 이루어지기 때문이다.

소월의 시가 구문적으로 보아서 첫 두 박자가 지난 다음에 보다 큰 호흡이 주어지는 사실을 다음의 시에서도 발견할 수 있다.

엄마야 누나야 강변살자
뜰에는 반짝이는 금모래빛
뒷문밖에는 갈잎의노래
엄마야 누나야 강변살자

—「엄마야 누나야」

위의 시는 그 리듬의 본질이 7·5조의 것과 같다. "강변살자"와 "금모래빛"은 그 박자 내부의 리듬이 "강변/살자"로 "변"에 힘이 들어가고 "강변"과 "살자"가 끊어지려는 경향을 갖는데, 그 이유는 원래 "강변에 살자"로 "에"가 생략되었기 때문이다. 또 "금모래빛"은 "금/모래빛"으로 "금"과 "모래빛" 사이가 끊어지려 하고 "금"에 힘이 들어가게 된다. 이것은 바로 7·5조의 한 예로 보였던 〔나보기가 역겨워〕 가실/때에는"의 경우와 똑같은 것이다. 그러나 "강변살자"와 "금모래빛"의 그와 같은 리듬 구조는 이 부분의 낭독의 재미를 증가시킨다. "뒷문밖에는/갈잎의노래"는 7·5조에 맞추어서 "뒷문/밖에는/갈잎의노래"로 엄격히 세 박자로 나누어 읽을 수 있다. 그러나 이것은 "뒷문에 나가면 갈잎의노래"로 바꾸었을 때의 3박자와는 몹시 다른 것이다. "뒷문밖에는 갈잎의노래"는 아직도 "뒷문"과 "밖에는"이 완전히 엉겨 붙어 한 박자가 되지는 못했으나 그러나 한 박자의 모습을 갖추어가는 과정에 있다고 말할 만하다. 그래서 일단 이 3행이 3박자의 테두리를 벗어나 2박자로 가고 있다고 말할 수 있다. 그렇다면 이 시의 생명은 3행의 2박자성에 있다고 하겠다. 그래서 이 시에서 3박자의 두 번 출현 후에 2박자의 성격이 등장하고 그 뒤 다시 3박자가 나오는 것을 우리는 제시·반복·발전·재현, 또는 기승전결(起承轉結)이라고 말할 수 있다.

소월의 시의 리듬에 대한 이야기를 종결하기 전에 그의 「금잔디」를 살펴봄으로써 그가 시에 대해 가졌던 좀더 큰 리듬에 대한 의식적(또는 무의식적) 태도에 대해 살펴보자.

잔디,
잔디,
금잔디,
심심산천에 붙은 불은

가신 님 무덤가엣 금잔디.

봄이 왔네, 봄빛이 왔네.

버드나무 끝에도 실가지에.

봄빛이 왔네, 봄날이 왔네,

심심산천에도 금잔디에.

위의 시는 앞서 다른 경우와는 달리 두 박자의 행이 여섯 개 진행되는데 이 여섯 개는 두 개씩 무리를 지어 연을 이룬다. 물론 이 두 행씩의 결합에는 의미적 또는 구분적인 이유가 작용한다. 첫 행의 세 박이 다음 행부터 두 박으로 바뀌며 여기서부터 리듬의 묘미가 생기기 시작한다. 그리고 구조적으로 대칭 지점에 있는 "가신님무덤가엣"과 "버드나무끝에도"와 "심심산천에도"가 여섯 개의 음절로 이루어진 강박임으로 해서 흔하지 않은 리듬 구조를 보여준다. 이 짝짓는 두 행을 한 행으로 연결해 리듬의 보다 큰 구조를 살펴보자.

잔디 잔디	금잔디		
심심산천에	붙는불은	가신님무덤가에	금잔디
봄이왔네	봄빛이왔네	버드나무끝에도	실가지에

봄빛이왔네   봄날이왔네   심심산천에도   금잔디에

이렇게 써놓고 보면 "잔디 잔디 금잔디"의 첫 행을 제외
하고 나면 네 박으로 된 3행이 나타나게 된다. 첫 행을 제
외하고 나면 나머지 3행은 대충 네 개의 박자에 넣어서 읽
을 수 있다. 그리고 처음부터 세어서 3행과 4행은 전반과
후반이 문법적으로 볼 때 도치되어 있다. 그것은 "~에 봄
이 왔네"라고 말하는 것이 문법적으로 정상적인 것이기 때
문이다. 그리고 첫 행을 제외한 나머지 3행에서는 그 셋째
박의 음절의 수가 많아짐으로 인해 그 박자가 늘어져 있다.
다른 곳에도 5음절이 있지만 이 시에서는 5음절은 정상적
인 박자가 된다. 모두 규칙적인 박자인데 3박만 늘어져 있
고 또 이 3박의 뒤를 잇는 4박은 흐려지고 있다. 그 흐려지
는 이유는 3박이 늘어졌지만 시조에서처럼 그다음 박을 강
하게 해주는 기능을 갖지 않았기 때문에 일어나는 일이다.
또한 제4박은 항상 종결어미를 갖지 않는 약한 어미를 지니
기 때문이기도 하다. 다시 말해 여운을 남기고 있다. 이런
이유들 때문에, 또 같은 뜻의 말이 반복되어 있다는 또 하
나의 중요한 특징 때문에, 이 시가 4박의 구조를 가진 3행
으로 된 골격을 가지고 있지만 시조와는 도저히 비교할 수

없고 그것과의 관련을 생각할 수 없게 된다. 첫 행을 서행
이라고 해서 제외한다고 하면 나머지 3행은 다음과 같은 리
듬의 구조를 갖는다.

　약 강　　강 약
　∨ ∨　　⌣ ∨

　소월이 7 · 5조를 벗어난 경우도 거의 없지만 벗어난 뒤
이 시처럼 성공한 경우도 없다. 이러한 연유로 내가 그의
작품 연표를 찾아 이 시가 그의 초기의 시인 1922년 것이라
는 사실을 알게 되었을 때 더욱 놀라지 않을 수 없었다. 이
유는 그 이후에 많은 시를 썼음에도 불구하고 리듬의 차원
에서의 실험이 거의 없었기 때문이다.
　그래서 이 시에 대해 내가 지나치게 과장된 해석을 하고
있지 않은가 하는 생각에서 다음과 같은 평범한 리듬 해석
을 시도해본다. 과연 소월의 마음 안에 어느 리듬이 살고
있었는지, 우리는 알 길이 없다.

　잔디　　　잔디　　　금잔디
　심심　　　산천에　　붙은불은

가신님	무덤가엣	금잔디
봄빛이	왔네	봄날이왔네
버드나무	끝에도	실가지에
봄빛이	왔네	봄날이왔네
심심	산천에도	금잔디에

위와 같이 써놓고 보면 이는 7 · 5조의 변형에 불과하게 된다. 소월이 평생 묶여 있던 리듬이 7 · 5조라는 3박자의 리듬이란 사실을 인정한다면, 아마도 소월의 마음 안에는 위에 적은 것과 같은 리듬이 살아 있었을 가능성이 더 높다.

소월의 시를 읽고 내가 느끼는 것은, 그가 시의 운율을 만들 때에 그 운율의 짜임새, 즉 리듬을 기법으로 생각함에 있어 깊이 들어가지 못했다는 점이다. 그가 리듬의 기법에 좀더 관심을 가졌다면 보다 많은 시가 재미있게 만들어졌을 것이다. 그의 리듬감은 7 · 5조였다. 그리고 그는 그것의 내부 리듬을 변형시켰다. 리듬의 관점에서 보자면 그를 뛰어난 시인이라고 말할 수 없을지 모르나 그 시대가 시조 이외에는 이렇다 할 시의 리듬적 틀이 없었던 때였음을 생각한다면 7 · 5조의 변형은 놀라운 충격이었을 것이다. 역시, 종종 애송되는 그의 시는 덜 애송되는 그의 시보다 그 리듬이 섬세한 점을 보면 시의 생명력에 있어서 리듬의 중요성을 새삼 느끼게 된다. 소월의 애송되는 모든 시는 그의 시들 중 가장 뛰어난 리듬을 지니고 있다.

김영랑: 짧은 박의 도입

　영랑(永郎, 본명 김윤식, 1903～1950)의 시에서는 7·5
조와 그 변형을 찾을 수 있는 동시에 시조 리듬의 체질을
찾을 수 있다. 먼저 영랑의 7·5조의 성격과 그 변형을 살
펴보도록 하자. 전형적인 7·5조를 「함박눈」에서 찾을 수
있다. 이 시를 전부 인용한다.

바람이	부는대로	찾어가오리
흘린듯	기약하신	님이시기로
행여나!	행여나!	귀를종금이
어리석다	하심은	너무료구려

문풍지	서름에	몸이저리어
내리는	함박눈	가슴해여져
헛보람!	헛보람!	몰랐으료만
날다려	어리석단	너무료구려

　위의 시는 전형적인 7·5조이다. 그러나 영랑은 4행으로
된 두 연의 시에 어떤 형식을 부여하려고 노력하고 있다.
그것은 3행에 공통되는 3·3의 음절과 감탄사이다. 한 연
의 유기성을 얻기 위한 이 방법이 성공한 것 같지는 않지만
4행 중 3행에 관심을 둔 것은 그의 리듬감에의 민감성을 보
여주는 면모다.

　「함박눈」에는 성공하지 못한 그의 리듬에 대한 민감성과
계획은 「북」에 이르러서는 성공한 듯이 보인다. 「북」은 판
소리의 흥겨움을 나타낸 시이기 때문에 그 내용이 크게 매
력 있는 것은 아니지만 조용히 읽어보면 시적 운율의 변화
가 대단히 수준 높은 감각에 의해 처리되고 있음을 볼 수
있다. 이 시를 읽으면 영랑이 판소리의 맛을 알았던 것으로
믿긴다.

1) 자네   소리하게   내북을잡지

2) 진양조   중머리   중중머리
3) 엇머리   잦어지다   휘몰아보아

4) 이렇게   숨결이   꼭맞어사만   이룬일이란
5) 人生에   흔치않어   어려운일   시원한일

6) 소리를   떠나서야   북은오직   가죽일뿐
7) 헛때리면   萬甲이도   숨을고쳐   쉴밖에

8) 長短을   친다는   말이   모자라오
9) 演唱을   살리는   伴奏쯤은   지나고
10) 북은   오히려   컨닥타—요

11) 떠받는   名鼓인듸   잔가락을   온통잊으오
12) 떡궁!   動中靜이오   소란속에   고요있어
13) 人生이   가을같이   익어가오

14) 자네   소리하게   내북을치지

첫 행이 7 · 5조라는 것을 우리는 알 수 있다. 3음절이 나와야 할 첫 시작이 2음절이어서 처음부터 긴장된다. 그리고 이 긴장은 "내북을잡지"를 "내/북을잡지"로 끊지 않을 수 없음으로 인해 얻어지는 긴장과 조화를 가져온다. 우리말을 아는 사람이라면 누구도 "내북을잡지"를 각 음절이 꼭 같은 길이를 갖게 낭독하여 "내"와 "북" 사이가 달라붙어버리게 읽지는 않을 것이다. "내"와 "북" 사이를 끊어서 짧은 호흡을 주지 않을 수 없기 때문에 우리는 "북을잡지"에서 "을"을 약간 치켜올리게 되고 "지"를 더 치켜올려 목젖에 힘이 들어갔다 빠졌다 하며 읽어야 하는 묘한 억양을 주게 된다. 이 억양은 판소리의 아니리에 나오는 전형적인 억양이다. 2행과 3행은 정상적인 7 · 5조이다. 그런데 다음의 4행부터 12행까지는 대체적으로 4박자이다. 이 4박자는 시조적인 4박자이다. 물론 그렇다고 해서 시조의 종장과 같은 늘어진 박자가 있는 것은 아니지만 그러한 묘미에 맞설 만한 변화가 주어져 있다. 그 변화는 6행과 7행의 3박자에서부터 시작된다. "북은오직"과 "숨을고쳐"는 그 앞 연에서 흘러온 4박자의 힘 때문에 서로 모여서 한 박자 안에서 낭독되지 않을 수 없는데, "오직"과 "고쳐"는 의미의 진행상 그 앞의 말인 "북은"이나 "숨을"에서 떨어지고 싶어 한다.
이 균열은 다음 연인 8, 9, 10연에서 드러난다. 그래서 8연
은 다음의 두 가지 중 어느 쪽으로 읽어야 될지 문제가 생
기게 된다.

　　i) 長短을/친다는/말이/모자라오/
　　　演唱을/살리는/伴奏쯤은/지나고/
　　　북은/오히려/컨닥타―요./

　　ii) 長短을/친다는말이/모자라오/
　　　演唱을/살리는/伴奏쯤은지나고/
　　　북은/오히려/컨닥타―요./

　i)은 4박자를 고수해서 읽는 것이고 ii)는 3박자로 바꾸
어서 읽는 것이다. 위에 제시한 연의 3행은 어느 쪽이나
3박자로 처리되어야 할 것이다. 그러나 1행과 2행은 4박자
로 낭독하기에는 어색하고 무리가 있다. 그러나 그렇다고
3박자로 급변시켜 낭독하기에도 어려운 점이 있는 것은 "친
다는말이"가 한 박자 안에 밀어 넣기가 좀 힘들고 "伴奏쯤
은지나고" 역시 좀 늘어진 박자일 수밖에 없기 때문이다.

이 박자의 애매성을 거친 다음에 "북은 오히려 컨닥타—
요"라는 뚜렷한 3박이 출현한다.

그러고는 11, 12행의 4박이 출현하고 13행의 뚜렷한 3박
이 나온다. 물론 판소리의 리듬의 변화나 움직임을 말로써
표현하는 것은 불가능한 일이지만, 이 시는 설명과 그 설명
하는 말의 리듬으로 판소리의 이미지에 접근하는 것을 가능
하게 해주고 있다. 이와 같은 리듬에 대한 감각이나 처리는
영랑 특유의 것이라고 하겠다.

영랑 시의 리듬 형식의 특징은 7·5조와 4·4조의 혼합
에 있다. 4·4조는 나의 견해로는 시조 운율의 원시적인
형태이기 때문에 4·4조에 대한 감각은 시조에 대한 감각
과 같은 성질의 것이다. 그의 「사행시(四行詩)」는 시조 박자
의 4행시와 3박자의, 즉 7·5조의 4행시를 번갈아가며 사
용하고 있다. 이 시의 첫 연은 그 넷째행의 제2박의 늘어진
박자의 모습에서까지 시조를 닮았다. 첫 연은 다음과 같다.

님두시고	가는길의	애끈한	마음이여
한숨쉬고	꺼질듯한	조매로운	꿈길이여
이밤은	캄캄한	어느뉘	시골인가
이슬같이	고흰눈물을	손끝으로	깨치나니

이 첫 연에서 앞서 말한 박자인 "고흰눈물을"은 "을"을 빼고 "고흰눈물"로만 발음해도 충분함에도 불구하고 "을"을 넣어서 5음절로 만든 것을 보면 그것이 의도적인 것임을 알 수 있다.

첫 연 뒤로는 4행의 2박이 늘어진 경우가 나타나지는 않는다. 다섯 연이 지나고 나면 다음과 같은 3박자의 7·5조로 리듬이 바뀐다.

숲향기	숨길을	가로막었오
발끝에	구슬이	깨이어지고
달따라	들길을	걸어다니다
하룻밤	여름을	새워버렸오

6연에서의 이 3박의 구조는 10연에서 다시 4박이 되었다가 11연에서 3박을 이루는 등 변화를 겪고 있다. 27연에 이르는 이 긴 시의 21연에 이르면 첫 2행은 3박, 다음 2행은 4박의 구조를 갖고 같은 연의 구조가 23연에서 반복된다. 21연과 23연을 보자면 다음과 같다.

〔21연〕

향내	없다고	버리실라면	
내목숨	꺽지나	마르시오	
외로운	들꽃은	들가에	시들어
철없는	그이의	발끝에	조을걸

〔23연〕

바람에	나붓기는	깔닢	
여울에	희롱하는	깔닢	
알만	모를만	숨쉬고	눈물맺고
내청춘의	어느날	서러운	손짓이여

이 「사행시」가 성공한 시인 것 같지는 않지만 27연이라는 긴 진행을 통해서 연 자체를 하나의 단위로 생각하여 4박자에서 3박자로 바뀐 다음, 다음에 인용하는 17연의 변화를 거친다.

눈물속 빛나는보람과 웃음속 어둔슬픔은
오직 가을하늘에 떠도는 구름
다만 후젓하고 글데없는마음만 예나이제나
외론밤 바람슷긴 찬별을 보왔읍니다

그 후 21연과 23연에서 본 3박자와 4박자의 한 연 안에
서의 혼합을 보게 된다. 이와 같은 박자의 변화를 효과적으
로 그리고 아름답게 성취한 경우를 우리는 오히려 그의 짧
은 시인 「오―매단풍 들것네」에서 발견한다. "오―매 단풍
들것네"는 2박자이고 나머지의 시행은 모두 3박자로 되어
있다.

　　「오―매 단풍들것네」
　　장광에　　　골붙은　　　감닢날러오아
　　누이는　　　놀란듯이　　치어다보며
　　「오―매 단풍들것네」

　　추석이　　　내일모레　　기둘리리
　　바람이　　　자지어서　　걱정이리
　　누이의　　　마음아　　　나를보아라
　　「오―매 단풍들것네」

　이 시는 리듬으로 성공한 시이다. "오―매 단풍들것네"
의 2박자의 어울림이 그 내용과 더불어 3박자와 함께 맞아

들어가지 않았다면 이 시는 성공하지 못했을 것이다.

우리는 영랑이 성취한 리듬의 절정을 「모란이 피기까지
는」에서 찾는다. 그리고 이 시가 성취한 리듬은 우리 시의
리듬에서 기념비적인 성공인 것으로 믿어진다.

모란이 피기까지는

나는 아즉 나의 봄을 기둘리고 있을 테요

모란이 뚝뚝 떨어져버린 날

나는 비로소 봄을 여흰 서름에 잠길 테요

五月 어느날 그 하로 무덥든 날

떨어져 누운 꽃닢마저 시들어버리고는

천지의 모란은 자최도 없어지고

뻗쳐오르든 내 보람 서운케 무너졌느니

모란이 지고 말면 그뿐 내 한해는 다 가고 말아

三百 예순날 한양 섭섭해 우옵내다

모란이 피기까지는

나는 아즉 기둘리고 있을 테요 찬란한 슬픔의 봄을

위의 시는 『김영랑 박용철 외(金永郎 朴龍喆 外)』(지식산
업사, 1981, p. 10)의 띄어쓰기를 따랐다. 이 시는 그것이

발표될 1934년 당시를 생각한다면 시의 운율을 지닌 운문으로 받아들여지기 어려웠을 것이다. 4 · 4조나 시조나 7 · 5조의 리듬에만 익숙해 있던 당시의 시 독자에게는 아마도 커다란 충격을 이 시가 주었으리라고 보인다. 이 시에 이르면 소월의 시에서는 두드러지게 나타나지 않았고 문제가 되지 않았던 박자의 변주적 낭독이 필수적인 요소로 나타난다. 박자의 변주는 늘어진 박자와 줄어든 박자의 사용으로 이루어진다. 우리는 짧은 박자가 어떤 것인지를 이해하기 위해서 다음의 시조를 읽어야 할 것이다.

여보/저늙은이/짐벗어/나를주오/
　　♪ *
나는/젊었거니/돌이라/무거울까/
　　♪

앞의 시조를 띄어쓰기로 표시했듯이 우리는 고른 박자에 넣어서 각 박자가 같은 길이를 유지하도록 하며 낭독할 수 있다. 같은 박자에 넣기 위해서는 "여보"의 "보"와 "나는"

---

* '♪'는 짧은 박의 표시임.

의 "는"은 길게 발음될 것이다. 이와 같은 낭독에 아무런 무리가 없고 또 옳은 낭독인 것으로 보인다. 그런데 그 리듬을 바꾸어서 짧은 박자로 읽을 수 있다. 이 변주는 정규적인 리듬을 바꾸어 읽음으로써 느끼게 되는 쾌감에 그 존재 이유가 있다. 그러나 시조의 경우에서는 그 변주적 낭독이 필수적인 것이 아니다. 「모란이 피기까지는」의 다음 부분을 만일 짧은 박자나 긴 박자를 도입하지 않고 시조를 읽듯이 읽을 수는 없을 것이다. 띄어쓰기로 표시한 박자를 시조처럼 박자를 지켜가며 읽어보자.

오월	어느날	그하루	무덥던날
떨어져누운	꽃닢마저	시들어	버리고는
천지의	모란은	자최도	없어지고
뻗쳐오르던	내보람	서운케	무너졌느니

위의 부분을 손으로 네 박을 균등한 시간 간격에 따라 치면서, 즉 박자를 헤아려가면서 읽어보면 정말 재미가 없는 낭독임을 느끼게 된다. 시조나 7 · 5조에서는 그렇게 자연스럽던 리듬이 여기서는 왜 초등학교 학생들이 책을 읽는 것같이 들리게 될까. 그것은 시조가 균등한 길이의 박자 구

조를 전제로 한 시였지만 위의 구절은 산문의 리듬을 도입하는 것을 전제로 해서 씌어졌기 때문이다. "오월 어느날 그하루 무덥던날"은 "어느날"이나 "그하루" 중 하나는 짧은 박으로 읽어 박자가 쩔뚝거리는 느낌을 주고 읽어나가야만 이 행의 낭독이 살아난다. 다음 행인 "떨어져누운 꽃닢마저 시들어 버리고는"에서는 "떨어져누운"을 조금 늘어진 박자로 읽어야 자연스러운 낭독이 된다. 그리고 그다음 행의 "천지에" "모란은" "자최도"의 세 박 모두 짧은 박으로 처리하여 급박하게 읽어나가 낭독의 속도를 주어야 할 것이다. 또 다음의 행은 "뻗쳐오르던"을 늘어진 박자로 읽고 나머지는 정상적으로 읽든지 아니면 "뻗쳐오르던"을 길게 읽고 "내보람"을 짧게 읽을 수 있을 것이다. 이렇게 박자를 표시하고 다시 읽어보면 다음과 같다.

五月	어느날	그하루	무덥던날
∨	४	∨	∨
(∨	∨	४	∨)

떨어져누운	꽃닢마저	시들어	버리고는
⌣	∨	∨	∨

(∨	∨	⅄	∨)

천지의	모란은	자최도	없어지고
⅄	⅄	⅄	∨

뻗쳐오르던	내보람	서운케	무너졌느니
⌣	⅄	∨	∨
(⌣	∨	∨	∨)

　위의 시행 밑에 먼저 표시한 리듬이 나로서는 가장 자연스럽게 느껴지는 낭독의 리듬이다. 그러나 괄호 안의 것도 역시 가능한 낭독이다. 변주라는 것은 그 자체의 뜻으로 보아 하나만 옳다고 할 수 없는 성격을 이미 지니고 있다. 3행은 아마 그 낭독의 속도 때문에 다른 변주가 불가능한 듯이 보인다. 만일 이곳의 낭독이 오직 이 한 수뿐이라고 한다면 이 부분의 리듬의 매력은 더욱 증가하는 것이다. 그 이유는 그 필연성을 위해 그 앞의 리듬이 작용해왔을 것이기 때문이다.

　이 시의 리듬에 대해서는 여러 가지 낭독의 예를 들어 논의할 수 있을 것으로 본다. 앞서 말했듯이, 그 이유는 변주란 원래 그런 것이기 때문이다. 그렇기 때문에 우리는 결코 그렇게는 읽을 수 없지만 변주가 되기 이전의 원형의 박자를 표시해야 할 필요를 느낀다. 이 변주 이전의 박자를 기본으로 해서 그것에 줄어든 박자를 첨가하여 낭독의 속도를 줄 수 있을 것이다.

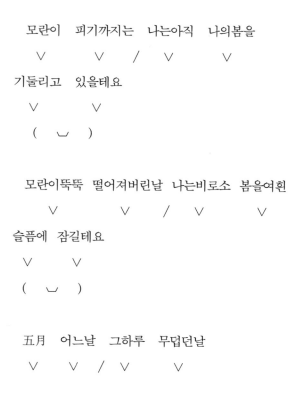

떨어져누운 꽃닢마저 시들어 버리고는
    V   V   / V   V

천지의 모란은 자최도 없어지고
 V   V / V   V

뻗쳐오르던 내보람 서운케 무너졌느니
    V   V / V   V

모란이 지고말면 그뿐 내한해는 다가고말아
 V   V   V / V   V

三百 예순날 하냥 섭섭해 우옵네다
 V   V / V   V   V

모란이 피기까지는 나는 아직 기둘리고 있을테요
  V   V   / V   V
찬란한 슬픔의봄을
 V   V

위에 표시한 박자는 전체적으로 보아 다음과 같은 구조를 갖는다. 1, 2행은 다섯 박자인데 첫 2박과 다음 3박이 구분된다(끝 박은 늘어진 박자로 생각했음). 이 구분은 박자의 질서보다 더 큰 질서의 분절이다. 음악에서는 프레이즈 또는 종지의 개념이다. 여기서 두 박자와 세 박자가 나뉘는 데에는 구문적 질서도 함께 작용한다. "모란이 피기까지는"이 부속 문장이고 "나는 아직 나의 나의봄을 기둘리고 있을테요"는 주문장이기 때문이다. 다섯 박자의 이 두 행이 지나고 나면 4박자가 빠른 속도로 네 번 계속된다. 이 네 박자들은 모두 2박자씩 두 개로 나뉘는 듯하다. 4박자의 빠른 속도가 지난 다음 변화가 일어나는데 그것이 다음 5박자의 구분에서 보인다. 다음에 나오는 5박자는 세 박자와 두 박자로 나뉘어 구분지어진다. 다음 8행에 나타나는 5박자는 첫 행에서 본 것과 같은 5박자이지만 변주되어서 읽히지 않고는 안 될 성격을 띤다. 지금까지 설명한 기본이 되는 박자를 다시 표시하면 다음과 같다. 박자의 추상적 구조를 제시한 것이지만 이 구조에서 우리는 시작과 중간과 되돌아감과 그리고 종결의 네 구조를 볼 수 있다.

1. ∨ ∨   ∨ ∨ ⌣

2. ∨ ∨   ∨ ∨ ⌣

3. ∨ ∨   ∨ ∨

4. ∨ ∨   ∨ ∨

5. ∨ ∨   ∨ ∨

6. ∨ ∨   ∨ ∨

7. ∨ ∨ ∨   ∨ ∨

8. ∨ ∨   ∨ ∨ ∨

9. ∨ ∨   ∨ ∨   ∨ ⌣

    1과 2가 시작이고 3~6이 중간이고 7과 8이 되돌아감이고 9가 종결, 즉 코다이다. 1~2는 5박이고 3~6은 4박이고 7~8은 다시 5박이고 9는 독특한 여운을 가진 6박으로 되어 있다. 이 시가 모란이 피고 또 모란이 지는 반복의 고리를 이와 같은 놀라운 리듬의 구조와 일치시킨 점이 바로 이 시를 우리의 뇌리에 남게 하는 힘이다. "피고" 또 "지고" 또 "피고" 또 "지는" 연쇄를 맨 끝의 두 박자에서 "찬란함"과 "슬픔"으로 고리지어서 띄어 올린 것은 종결의 독특한 매력이 되어 있다. 이 시를 다음과 같이 산문 형태로 적어 놓고 읽어보도록 하자.

모란이 피기까지는 나는 아직 나의 봄을 기둘리고 있을
테요. 모란이 뚝뚝 떨어져버린 날 나는 비로소 봄을 여읜 슬
픔에 잠길 테요. 五月 어느 날 그 하루 무덥던 날 떨어져 누
운 꽃잎마저 시들어 버리고는 천지의 모란은 자최도 없어지
고 뻗쳐 오르던 내 보람 서운케 무너졌느니 모란이 지고 말
면 그뿐 내 한 해는 다 가고 말아 三百예순 날 하냥 섭섭해
우옵네다. 모란이 피기까지는 나는 아직 나의 봄을 기둘리
고 있을 테요. 찬란한 슬픔의 봄을.

이렇게 적은 것과 영랑이 적었듯이 행을 바꾸어 적은 것
을 비교해보자. 그 둘의 차이는 다음과 같이 설명될 수 있
을 것이다. 영랑이 본래 적었듯이 행을 바꾸어 적었을 때에
는 그는 그가 지니고 있는 운율성을 "행을 바꾸어 적는다"
는 방법에 힘입어 드러내려고 한 것이다. 그러나 이때에
"행을 바꾸어 적는다"는 방법은 자신이 지녔던 운율을 정확
하게 알리는 방법이 되지는 못한다. 자신 마음속으로 읽었
듯이 독자가 똑같이 읽어주기를 원한다면 그것은 음악의 악
보로 표시하는 방법을 빌려야 했을 것이다. 그러나 시는 그
런 경직된 방법을 택하지 않는 것이 관습이다. 여기서 오해

하지 말아야 할 것은, 그 시가 작곡되어 노래로 불릴 때의 리듬이 그 시가 낭독될 때의 리듬과 일치되거나 되어야 한다고 생각해서는 안 된다는 점이다. 그래야 하는 아무런 이유가 없기 때문이다. 작곡된 노래는 음악의 영역이기 때문이다.

그런데 만일 그가 시를 산문과 다름없는 형식으로 적었다면, 그 경우 그는 운율을 드러내고 싶지 않았거나 그 운율을 감추려고 하였을 것이다. 둘 다 아니라고 한다면 처음부터 그는 운율이 있는 글을 쓰려 한 것이 아니고 운율이 없는 산문을 쓰려고 했을 것이다. 따라서 산문체로 적었느냐, 또는 행만을 바꾸어 적었느냐를 가지고서는 그것이 운율성을 가졌냐 아니냐를 논할 수 없다. 다시 말하면 행을 바꾸어 적지 않음으로써 운율성을 감추어버린 시가 있을 수 있고, 또는 행을 바꾸어 적었음에도 불구하고 리듬이 부드럽게 흐르지 않는 시가 있을 수 있다는 사실을 잊지 말아야 한다. 행을 바꾸어놓았지만 좋은 리듬을 갖지 못한, 또는 전혀 리듬의 묘미를 갖지 못한 시를 여기서 예로 들 필요는 없을 것 같다. 우리는 이와 같은 묘미를 다음에 살필 윤동주의 시에서 운문과 산문이라는 문제로서 다시 만나게 된다.

윤동주: 리듬으로의 도피

    윤동주(尹東柱, 1917~1945)의 시에 이르면 영랑의 시에서와는 다른 리듬의 감각을 느끼게 된다. 영랑의 시를 읽으면 그가 리듬에 대해 가지고 있던 민감성의 목적은 노래를 아름답게 만들기 위해 다듬어져야 한다는 감각이었다. 영랑에게 시는 본질적으로 서정적이고 시의 리듬은 이 서정성에 손색이 되지 않게끔 세련되어야 하는 것이었다. 그러나 윤동주의 시에 이르면, 그 역시 서정적인 시인이지만 그의 리듬감은 약간의 실험성을 지니고 있다는 점에서 영랑과는 조금 다르다. 이 실험성은 그가 리듬을 수단으로 생각해서 때로는 소홀히 다루었다는 느낌을 받을 만큼 시와 간격을 가지고 있음이 발견된다.

그가 리듬에서 성공한 시를 이야기하기 전에 우리는 그가 가진 리듬에 대한 태도를 이해하기 위한 선의로서 그의 몇 개의 타작의 시를 들추어야겠다. 다음은 「둘다」와 「빨래」이다.

바다도 푸르고
하늘도 푸르고

바다도 끝없고
하늘도 끝없고

바다에 돌던지고
하늘에 침뱉고

바다는 벙글
하늘은 잠잠

—「둘다」

「둘다」에서 우리는 두 박자, 즉 "둘"의 장단을 본다. 이와 같은 단순한 리듬을 시적으로 높이 끌어올리는 실험을 우리는 후에 김수영의 시에서 볼 것이다. 여기서는 이 단순한 리듬이 성공하지 못하고 있다. 이 둘의 유희는 "바다"와 "하늘"이고 "푸르고" "끝없고"와 "돌던지고" "침뱉고"와 "벙글"과 "잠잠"에 의해서 대칭되는데, 이 어느 단어도 여기서 사실성을 띠지 못한다. 이 단어들은 여기서 단지 소리일 따름이다. 만일 소리일 따름인 단어, 즉 내용에 무관심한 음향으로서의 단어가 유희를 해야 한다면 이 시는 음악적으로 훨씬 재미있고 재치 있게 짜여져 있어야만 할 것이다. 이 시에서 우리는 리듬을 독립시켜버린 윤동주의 태도를 볼 수 있다. 그리고 이 태도가 성공하는 경우를 우리는 「별 헤는 밤」에서 찾게 된다. 먼저 「빨래」를 보기로 한다.

　　빨래줄에 두다리 드리우고
　　흰빨래들이 귓속이야기하는 오후,

　　쨍쨍한칠월 햇발은 고요히도
　　아담한 빨래에만 달린다.

　　　　　　　　　　　　　　　　　—「빨래」

　　「빨래」는 세 박자의 유희다. 이 시는 우리에게 "칠월 쨍

쨍한 햇발이 고요히 내리쬐는 오후"를 생각게 한다. 이 시의 3박자의 리듬이 그 시적 이미지를 보완해야 할 것이다. 제2행의 "귓속이야기하는"의 축 늘어진 박자는 그런 이미지에 맞아들어가는 것일 수 있을 것이다. 그래서 이 시는 빨래줄에 걸려 있는 빨래가 흔들리지조차도 아니하고 잠자고 있음을 어느 정도 성공적으로 보여주고 있다. 「빨래」는 앞서의 「둘다」보다는 리듬이 내용과 덜 분리되어 있으나 그 리듬이 정적이고 중첩적이라는 인상을 받게 된다. 우리는 그의 「서시」에서도 그와 같은 조용한 리듬을 본다.

죽는날까지   하늘을우러러
한점   부끄럼없기를
잎새에이는   바람에도
나는   괴로와했다.

별을   노래하는   마음으로
모든   죽어가는것을 사랑해야지
그리고   나한테   주어진길을
걸어가야겠다.

오늘밤에도　　별이　　　　　　바람에　　스치운다.

　이 시는 세 개의 문장으로 되어 있다. 첫 연이 한 문장이
고 둘째 연이 한 문장이고 끝 연이 짧은 하나의 문장이다.
그 문장의 대조는 "……나는 괴로와했다"와 "……주어진
길을 걸어가야겠다"에 이어 "……별이 바람에 스치운다"이
다. 첫 연의 "하늘"과 다음 연의 "별"이 이미지를 연결시켜
주고 다시 첫 연의 "바람"과 둘째 연의 "별"이 끝 연에 함께
모여 "별이 바람에" 스치게 된다. 이런 의미의 연결은 부드
럽고 편하게 이루어지고 있지만 셋째 연의 갑작스러운 종결
은 자연스럽지가 못하고 이 시의 결점으로 남게 된다. 음악
에서와 마찬가지로 시에 있어서도 시작과 발전보다는 자연
스러운 종결이 훨씬 어려운 것이다. 종결이 성공하는 시는
전체적으로 성공한 시라고 판단해도 좋을 만큼 좋은 종결은
어려운 일이다.
　첫 연은 띄어쓰기로 표시했듯이 두 박자의 흐름으로 읽히
고 둘째 연은 세 박자의 흐름으로 읽힌다. 그리고 끝 연은
네 박자로 되어 있다. 이것은 그가 의식하고 있었던 리듬으
로 여겨진다.
　「별 헤는 밤」은 상당히 긴 시이고 긴 시로서의 리듬 구조

를 성공적으로 성취한 시의 좋은 예가 된다. 리듬에 관계없이 맞춤법대로 띄어쓰기 하여 인용한다.

1

계절이 지나가는 하늘에는
가을로 가득 차 있습니다

2

나는 아무 걱정도 없이
가을 속의 별들을 다 헤일 듯합니다

3

가슴속에 하나 둘 새겨지는 별을
이제 다 못 헤는 것은
쉬이 아침이 오는 까닭이오,
내일 밤이 남은 까닭이오,
아직 나의 청춘이 다하지 않은 까닭입니다

4

별 하나에 추억과

별 하나에 사랑과

별 하나에 쓸쓸함과

별 하나에 동경과

별 하나에 詩와

별 하나에 어머니, 어머니

5

어머님, 나는 별 하나에 아름다운 말 한마디씩 불러봅니
다. 소학교 때 책상을 같이했던 아이들의 이름과, 佩, 鏡,
玉 이런 異國 少女들의 이름과, 벌써 애기 어머니 된 계집
애들의 이름과, 가난한 이웃 사람들의 이름과 비둘기, 강아
지, 토끼, 노새, 노루, 프랑시스 잠, 라이너 마리아 릴케 이
런 詩人의 이름을 불러봅니다

6

이네들은 너무나 멀리 있습니다

별이 아슬히 멀듯이

7

어머님,

그리고 당신은 멀리 北間島에 계십니다

8

나는 무엇인지 그리워
이 많은 별들이 나린 언덕 우에
내 이름자를 써보고,
흙으로 덮어버리었습니다

9

딴은 밤을 새워 우는 벌레는
부끄러운 이름을 슬퍼하는 까닭입니다

10

그러나 겨울이 지나고 나의 별에도 봄이 오면
무덤 우에 파란 잔디가 피어나듯이
내 이름자 묻힌 언덕 우에도
자랑처럼 풀이 무성할 게외다

이 시는 운문적인 것과 산문적인 것의 대조로 진행된다.
그리고 그 운문적인 정도와 산문적인 정도가 점이적인 변화를 지녀서 자연스러움을 얻고 있다.

　제1연은 부드러운 3박자가 두 행을 조용히 읽히게 해준다. 제2연의 1행 역시 3박자이지만("나는 아무 걱정도 없이") 다음 둘째 행은 산문화되어 있다.

　　가을 속의 별들을 다 헤일 듯합니다

　3연에 들어서면 낭독의 속도가 생기고 짧은 박을 도입해서 급하게 읽어 내려가고 싶은 마음을 누를 길이 없어진다. 이와 같은 산문적 낭독의 속도가 갑자기 멈추고 다시 운문의 낭독이 시작된다. 4연은 "~에 ~과"라는 문법 구조에 힘입어 2박자가 꾸준히 계속된다. 4연의 끝 행에 이르면 "별 하나에 어머니, 어머니"로 "어머니"를 반복함으로써 이 두 박자 구조의 끝을 알리며 동시에 다음에 시작되는 긴 산문으로 들어갈 호흡을 준비한다. 5연은 이 "어머니"를 이어받아 "어머님, 나는……"으로 시작된다. 이 부분은 산문 그 자체라고 할 만큼 자유로운 호흡으로 낭독되고 그렇게 낭독되어도 이 시에 아무런 해를 끼치지 않는다. 첫 연과 둘째 연을 닮은 2행의 구조가 6, 7연에서 반복된다.

이네들은 너무나 멀리 있습니다

별이 아슬히 멀듯이

어머님,

그리고 당신은 멀리 北間島에 계십니다

　이 운문의 흐름은 8, 9연에 계속되고 끝 연에 이르면 다
시 산문의 침입이 뚜렷한 리듬을 드러내고 있다. 끝 연은
다섯째 연과 같은 산문은 아니지만 그 낭독에 산문적 침투
가 뚜렷이 나타나 있다. 물론 짧은 박이 도입되지만 이를
표시하지 않고 낭독의 박자를 구분하여 띄어쓰기로 표기하
면 다음과 같다.

그러나 겨울이 지나고 나의 별에도 봄이 오면

무덤 우에 파란 잔디가 피어나듯이

내 이름자 묻힌 언덕 우에도

자랑처럼 풀이 무성할 게외다.

　이 시는 별과 어머니가 시적 이미지의 구조를 이루고 있
다. 넷째 연의 규칙적인 두 박자의 리듬과 단순함이 다음

연의 산문의 리듬의 불규칙성과 대조를 이루고 있는데, 이 대조가 바로 "별"을 이야기하는 부분과 "어머니"를 이야기하고 있는 부분의 시적 이미지의 차이를 드러내주고 있다. 별에게는 운문으로 말할 수 있지마는 어머니에게는 운문으로 말하기가 불가능한 시인의 아픈 마음이 여기서 드러난다. 그것은 복받쳐 오름의 모습을 띠는 것이다. 별과 연결시켰던 추억 · 사랑 · 쓸쓸함 · 동경 · 시는 어머니와 관련되어 있는 여러 가지 구체적인 것, 즉 지상의 것이며 세속의 산문적인 것들인 소학교와 책상, 아이들 이름, 애기 어머니, 비둘기, 강아지, 토끼…… 라이너 마리아 릴케로 옮겨간다. 이 옮겨감이 운문과 산문, 바꾸어 말하면 소리와 아니리를 이루고 있다.

리듬의 구조가 의미의 구조를 변형시키고 의미를 전환시킨다는 생각을 윤동주가 가지고 있었다는 증거로 우리는 다음의 시를 예로 들 수 있다.

슬퍼하는 자는 복이 있나니
슬퍼하는 자는 복이 있나니
슬퍼하는 자는 복이 있나니
슬퍼하는 자는 복이 있나니

슬퍼하는 자는 복이 있나니

슬퍼하는 자는 복이 있나니

슬퍼하는 자는 복이 있나니

슬퍼하는 자는 복이 있나니

저희가 永遠히 슬플 것이오

—「팔복(八福)」

이 시는 단순한 장난으로 보일 수 있는 결점을 지니고 있
다. 그것은 이 두 문장인 "슬퍼하는 자는 복이 있나니 저희
가 永遠히 슬플 것이오"의 내용이 장난스러워 보이는 것이
아니고 그 리듬의 반복이 장난스러워 보이게 될 위험을 지
니기 때문이다. 그러나 윤동주가 원했던 것은 "슬퍼하는
자는 복이 있나니"의 의미가 계속해 낭독되는 동안 그 낭독
의 속도와 반복의 도취에 의해서 높은 수준의 의미로 승화
되는 것이었을 것이다. 이 시가 성공한 것이냐 아니냐를 떠
나서, 우리는 이 시를 봄으로써 시인이 리듬에 대해 가졌던
태도, 즉 리듬을 이용하려는 생각을 그가 가졌음을 알게 된
다. 리듬에 대한 이 태도의 이해는 윤동주 시의 리듬을 이
해하는 데에 전제가 되어야 할 것이다. 윤동주는 리듬을 분

리된 것으로 인식한 최초의 시인으로 보인다. 여기에 그의 불운한 생애를 투영해본다면, 그것은 리듬에로의 도피였을 것이다.

한용운: 불협화의 리듬

평시조나 그 외의 정형시에서 그 운율은 낮은 계층에서부터 높은 계층에 이르기까지 명료히 드러나 있다. 평시조에서는 음절 수가 어느 정도 규칙성을 지니며 이로 인해 박자가 생겨나고 이 박자는 각 장을 넷으로 나누게 한다. 또 이 네 박자는 상호 작용에 의해서 제3박에 강세를 지니게 하고 이 강세를 지닌 박자가 3장 모두 같은 위치에서 나타나게 한다. 3장은 다시 형식을 갖는데, 초장은 4박의 제시이고 중장은 4박의 반복 그리고 종장은 강박을 꾸며주어, 그 출현을 보다 멋있게 만들어준다. 그런 목적을 위해서 3장의 제2박은 늘어져 있고 그 늘어져 있다는 사실 하나 때문에 시조의 3장은 시조 전체를 유기성을 띤 단일체로 만들어준다. 평시조에 있어서는 음절 수의 어느 정도의 규칙성 때문에 생기는 최초의 리듬의 질서에서 3장이 유기적으로 엉켜서 한 덩어리의 형식을 이루는 최종의 질서에 이르기까지 계층 간의 리듬적인 상호 침투가 이루어져 있다. 그러나 이와 같은 리듬의 유기성은 3장을 단위로 해서 만들어지는 보다 큰 형식, 다시 말해 「오우가(五友歌)」와 같은 경우에서는 일어나지 않는다. 시조의 형식은 3장에서 종결된다. 그래서 3장들 단위로 한 차원에서는 리듬의 유기적 작용은 일어나지 않는다. 만일 다섯 개의 시조가 모여서 일어나는 유기성이 있다면 그것은 의미의 차원에서나 찾을 수 있다. 의미의 차원에서의 유기성과 형식 성취는 그러한 차원에서 살펴야 할 것이다. 이것이 바로 시의 리듬을 논의하는 한계이다. 시는 그 리듬을 논의함에 있어서 형식적 논의를 오래 견디지 못한다. 리듬의 문제를 조금만 진전시키면 이 문제는 곧 시의 내용과 관련이 된다. 그리고 시의 리듬의 문제가 종결된 다음에도 내용의 차원에서 시는 그 형식의 문제를 더 가지게 된다.

그러나 좋은 시는 리듬의 계층적 구조가 유기성을 지녀야 하고 리듬의 질서가 최종적으로 종결된 다음에 너무 많은 내용적 성취의 문제가 남아 있게 되면 이러한 시는 리듬과 내용이 조화를 이루는 데에 성공하지 못할 것이다. 운율적인 시는 리듬 질서의 종결과 의미 차원의 질서의 종결이 일치되는 경우일 것이다. 그러나 의미 차원의 종결이 조금 덜 이루어져서 여운을 남기는 것도 좋은 시일 수가 있다. 다시 말해, 「오우가」가 3장의 단위에서 리듬 질서는 종결되었지만 3장 간에, 다시 말해 다섯 개의 시조 사이에 좋은 의미 관계의 질서를 가진다면 좋은 시일 수가 있는 것이다.

한편 리듬의 질서가 거의 없어서 박자가 형성되기 어려울 경우에 시의 형식 성취는 전적으로 의미의 차원에 이루어진다. 이런 경우를 우리는 산문시에서 찾을 수 있을 것이다. 그러나 비록 낮은 계층의 박자의 성립이 불가능할지라도 보다 높은 계층의 어떤 리듬적 질서를 노릴 수 있기 때문에 우리는 산문시에 대한 판단에 신중해야 한다.

낮은 계층에서만 리듬을 성취하고 그것이 보다 큰 리듬을 이루어가지 못하는 경우를 우리는 4·4조나 7·5조에서 보아왔다. 4·4조는 시조의 리듬 구조와 다를 바 없다. 물론 시조에서는 3음절이 4음절의 길이를 대신한다는 차이를 갖고 이 차이가 중요한 것도 사실이다. 그러나 시조는 본질적으로 4·4조이지만 종장 2박이 늘어져 있음으로써 그 차원을 달리하고 있다. 무미건조한 4·4조나 7·5조에는 음절 수의 규칙성 이상의 리듬이 없다. 이것은 말하자면 표면이 전부인 구조이다. 사람이 피부와 피부 안의 근육과 근육 안의 뼈라는 리듬 조직을 지님을 염두에 둔다면, 시조는 이 셋을 가지고 있지만 4·4조나 7·5조는 피부만 가진 동물이 되는 셈이다. 그래서 그 시의 형식이 피부만 가진 형식, 즉 지렁이가 되지 않기 위해서는 4·4나 7·5의 자수 수정이나 의미의 차원에서의 형식이 요구된다. 그렇기 때문에 맹목적인 4·4조나 7·5조는 표면의 움직임을 붙잡고 있는 뒷면이 하나도 없다. 그래서 리듬의 입장에서 본다면 4·4나 7·5조는 네 행이 지난 다음에 행간을 띄어야 할 이유가 없고 또 몇 행이 지나간 다음에 끝낼 이유도 없다. 4·4나 7·5는 리듬의 본질로 본다면 끊임없이 계속되어야 하는 리듬이다. 종결된다는 것은 가장 큰 리듬의 변화이고 그 정당성은 시작과 발전과 종결이란 차원에서, 즉 그런 계층의 리듬 변화에 의해서만 가능한 것이기 때문이다.

이러한 관점에서 보면 하나의 시가 리듬의 계층에 대한 감각을 가지고 있느냐 아니냐의 문제는 중요한 것이다. 또 상식적으로 말하면 얼마나 긴 시를 쓸 수 있는 시인인가 하는 점이 중요성을 지닌다고 할 수 있다. 그러나 시조를 열

개 이어서 긴 시를 만들거나 4 · 4조나 7 · 5조의 4행을 행간을 띄어가며 끊임없이 반복하는 일은 아무런 의미가 없다. 평면적 반복이 아닌 입체적 구조의 유기성을 가진 긴 시를 만드는 것은 쉬운 일이 아닐 것이다.

긴 시를 추구한 경우를 우리는 앞서 살핀 윤동주의 「별 헤는 밤」외에도 많이 찾을 수 있다. 우리는 그런 예를 만해(萬海) 한용운(韓龍雲, 1879~1944)에서 찾는다.

님은 갔습니다./아아,/사랑하는 나의 님은/갔습니다

푸른 산 빛을 깨치고/단풍나무 숲을 향하여 난/작은 길을 걸어서

참어* 떨치고 갔습니다.

황금의 꽃같이 굳고 빛나던 옛 맹세는/차디찬 티끌이 되어서/한숨의 미풍에 날려 갔습니다.

날카로운 첫 키스의 추억은/나의 운명의 지침을 돌려 놓고/뒷걸음쳐서 사라졌습니다

---

* 『문학과지성』 1978년 봄호에 이 시에 대해서 논의하면서 2행의 "참어"를 당시에는 "차마"로 표기했는데 이는 민음사에서 간행된 『萬海詩選』의 표기를 따랐기 때문이다. 그러나 김현에 의하면 "차마"는 "참어"의 잘못이라고 지적되고 있으므로(『文學과 유토피아』, 「詩人의 말씨」, p. 79) "참어"로 고쳤다. 나의 생각으로는 "참어"가 옳은 것으로 보인다.

나는/향기로운 님의 말소리에 귀먹고,/꽃다운 님의 얼굴
에 눈멀었습니다.

사랑도 사람의 일이라/만날 때에 미리 떠날 것을 염려하
고 경계하지 아니한 것은 아니지만,/이별은 뜻밖의 일이 되
고/놀란 가슴은 새로운 슬픔에 터집니다.

그러나/이별은 쓸데없는 눈물의 원천으로 만들고 마는 것
은/스스로 사랑을 깨치는 것인 줄 아는 까닭에/걷잡을 수
없는 슬픔의 힘을 옮겨서/새 희망의 정수배기에 들이부었습
니다./우리는 만난 때에 떠날 것은 염려하는 것과 같이/떠
날 때에 다시 만날 것을 믿습니다.

아아,/님은 갔지마는/나는/님을 보내지 아니하였습니다.

제 곡조를 못 이기는 사랑의 노래는/님의 침묵을 휩싸고
돕니다.

─「님의 침묵」

위의 시에서 '/' 표시를 한 것은 호흡이 주어져서 종지의
느낌을 주는 지점이다. 우리는 이것을 박자라고 불러도 무
방할 것이다. 이 박자는 그 길이가 들쭉날쭉 차이가 아주
많다. 그러나 이 시는 우선 이런 박자에 관심이 없다. 그래
서 이 시에는 리듬에 대한 계획이 있는 것인가 없는 것인가

하는 의문이 생기게 된다. 리듬에 대한 이 시의 관심과 그
것을 성취하려는 노력은 조금 다른 데에 있다.

```
·······················(님은)   갔습니다 ─┐
······························  갔습니다    │
(맹세는) ················ (날라)   갔습니다    │
(추억은) ·······················사라졌습니다 ─┘
(나는) ················· 눈멀었습니다 ┐
(가슴은) ·······················터집니다  │
(힘을) ······················· 부었습니다  │
(우리는) ······················· 믿습니다  ┘
(나는) ················(아니)   하였습니다 ─┐
(노래는) ··························돕니다 ─┘
```

주어와 종결어미를 가진 술어를 연결해 읽어보면 이 시는
다음과 같은 의미의 연결을 보여준다.

  1. 님은 떠나고
     참어 떨치고 떠나고
     맹서는 날라가고

추억은 사라졌습니다

2. 나는 눈이 멀고
    가슴은 슬픔에 터집니다
    새 희망을 붓고
    다시 만날 것을 믿습니다

3. 나는 님을 보내지 않았습니다
    노래는 침묵을 싸고 돕니다

이와 같은 의미의 연결이 다음과 같은 어미의 일치와 변형에 의해서 형상을 띠고 있다.

1. 갔습니다
    갔습니다
    갔습니다
    사라졌습니다

2. 눈멀었습니다
    터집니다

부었습니다

믿습니다

3. 아니하였습니다

휩싸고 돕니다

1에서는 주어가 결국 "님"으로 모여져 있다. "맹세"와 "추억"은 역시 님으로 모여드는 단어들이다. 2에서는 "가슴"은 "나"의 가슴이고 힘을 부은 사람은 "나"이고 "우리는" 믿는다고 말할 때 우리는 역시 "나"이다. 그래서 2에서는 "내"가 주어가 되어 있다. 3에서는 님이 간 것과 나와의 관계, 즉 나는 보내지 않았음을 말하고 이 상황을 설명하는 노래가 있음을 우리에게 알린다.

이 시에서 종결어미가 존칭형으로 씌어진 것은 우리에게 들려주는 만해의 몸짓과 표정을 보여주는 것이며 그가 세계에 대해 갖는 태도를 드러내는 창문이지만 그 문제는 논의 밖으로 하더라도 이 존칭형 어미는 또 다른 뜻을 갖는다. 존칭형 어미는 어미의 3음절의 발음의 일치가 있으므로 각운을 강하게 느끼게 해준다. 또한 존칭의 진술은 그것이 진술의 한 형식이므로 이 형식으로 진술되는 내용이 제한된다. 즉, 존칭을 쓰지 않는 경우에 비해 내용의 범위가 좁아지므로 존칭형 어미로 진술되는 내용들이 상호 간의 친밀성을 높이게 된다. 이 두 가지는 결국 이 존칭어미들이 실어나르고 있는 문장들에 의해 문장 단위의 커다란 리듬을 얻게 해준다.

각운에 의한 큰 리듬을 목표로 하고 있는 각각의 단위들은 낭독에 있어서의 호흡으로 인한 박자감을 지니지 않을 수 없게 된다. 다음에 그 내부의 박자를 표시한다.

1. ∨ ∨ ∨ ∨ (4)
2. ∨ ∨ ∨ ∨ (4)
3. ∨ ∨ ∨ (3)
4. ∨ ∨ ∨ (3)
5. ∨ ∨ ∨ (3)
6. ∨ ∨ ∨ ∨ (4)
7. ∨ ∨ ∨ ∨ ∨ (5) ∨ ∨ (2)
8. ∨ ∨ ∨ ∨ (4)
9. ∨ ∨ (2)

우리는 1행과 8행이 의미 관계로 보아서 상응하고 있다고 말할 수 있다. 의미상의 단락은 앞서 말했듯이 1~4행이지만 리듬은 3~5행이 3박자로서 낭독의 속도를 증가시키고 있다. 이 시에서 리듬의 생동감이 느껴지는 곳은 7~9행의 종결 부분이다. 7행은 5박과 2박의 연결로 이루어진 7박인데 이 구조가 다음의 4박과 2박이라는 반복 형식으로써 8행과 9행을 만들고 있다. 반복해 말하자면 7행의 끝 2박은 9행의 2박과 시퀀스를 이루고 있다.

이 시에서처럼 술어의 종결어미를 반복함으로써 우선 커다란 리듬을 획득해놓고 보는 기법을 우리는 만해의 다른 시에서도 찾아볼 수 있다. 그의 「알 수 없어요」를 읽어보자.

1. 바람도 없는 공중에/수직의 파문을 내며/고요히 떨어지는 오동잎은/누구의 발자취입니까

2. 지리한 장마 끝에/서풍에 몰려가는 무서운 검은 구름의 터진 틈으로,/언뜻언뜻 보이는 푸른 하늘은/누구의 얼굴입니까?

3. 꽃도 없는 깊은 나무에/푸른 이끼를 거쳐서/옛 탑 위에 고요한 하늘을 스치는 알 수 없는 향기는/누구의 입김입니까?

4. 근원은 알지도 못할 곳에서 나서/돌부리를 울리고, 가

늘게 흐르는 작은 시내는/굽이굽이/누구의 노래입니까?

  5. 연꽃 같은 발꿈치로/가이 없는 바다를 밟고,/옥 같은 손으로 끝없는 하늘을 만지면서,/떨어지는 해를 곱게 단장하는 저녁놀은/ 누구의 詩입니까?

  6. 타고 남은 재가/다시 기름이 됩니다.

  7. 그칠 줄 모르고 타는 나의 가슴은,/누구의 밤을 지키는/약한 등불입니까?

전부 7행으로 된 이시의 종결어미를 적어보면 다음과 같다.

> 누구의 발자취입니까
> 누구의 얼굴입니까
> 누구의 입김입니까
> 누구의 노래입니까
> 누구의 詩입니까
> 기름이 됩니다
> 누구의 〔……〕 등불입니까

이 시에 있어서 문장의 종결 부분은 앞서의 시 「님의 침묵」에서보다 그 반복감이 더 강하다. 단순히 어미의 3음절이 같다는 정도가 아니고 "누구의 ~ 입니까"라고 끝맺음으로써 그 문장의 형식이 일치되고 있다. 따라서 이 종결 부분의 어미의 전환은 자동적으로 드러난다. 즉 "발자취"에서 "얼굴"로, 얼굴에서 "입김"으로, 입김에서 "노래"를 거쳐 "詩"로, 그리고 시는 "기름"으로 전환되는데, 이때에 문장의 질문 형식이 "됩니다"의 단언적 형식으로 바뀜으로써 강한 변화를 느끼게 해준다. 그리고 끝에 가서 기름은 "등불"로 의미가 옮겨져가고 있다. 만일 이 "타고 남은 재가 다시 기름이 됩니다"를 바꿔서 "아아, 타고 남은 재가 다시 녹아 끈적하게 돋아나는 방울방울은 그 누구의 기름입니까"로 쓴다면 내가 만든 이 행이 아무리 잘 만들어진다고 해도 그 것은 이 "누구의 ~ 입니까"의 형식을 "기름이 됩니다"로 바뀌어진 강한 변화에는 따를 수가 없는 것이다. 이 시에서도 만해는 내부의 세밀한 박자의 진행에보다는 긴 문장의 리듬의 일치감의 생성에 관심이 있었고 "입니까"에서 "됩니다"로 바뀜으로써 주어진 충격에 리듬의 계산이 있었을 것이다. 이 시를 행을 자주 바꾸어 내부의 박자를 드러내는 데에 관심을 두고 적어보자.

1. 바람도 없는 공중에

수직의 파문을 내며
고요히 떨어지는 오동잎은
누구의 발자취입니까

2. 지리한 장마 끝에
서풍에 몰려가는 무서운 검은 구름의 터진 틈으로
언뜻언뜻 보이는 푸른 하늘은
누구의 얼굴입니까

3. 꽃도 없는 깊은 나무에
푸른 이끼를 거쳐서
옛 탑 위에 고요한 하늘을 스치는 알 수 없는 향기는
누구의 입김입니까

4. 근원은 알지도 못할 곳에서 나서
돌부리를 울리고 가늘게 흐르는 작은 시내는
굽이굽이
누구의 노래입니까

5. 연꽃 같은 발꿈치로

가이 없는 바다를 밟고
옥 같은 손으로 하늘을 만지면서
떨어지는 해를 곱게 단장하는 저녁놀은
누구의 詩입니까

6. 타고 남은 재가
    다시 기름이 됩니다

7. 그칠 줄을 모르고 타는 나의 가슴은
    누구의 밤을 지키는
    약한 등불입니까

만해가 원래 쓴 대로의 행과 그의 한 행을 한 연으로 바꾸어서 쓴 위의 시는 같은 내용의 시임에도 불구하고 우리는 전혀 다른 느낌을 받게 된다. 그 이유가 무엇일까. 반복되는 느낌이 들지만 첫 연을 비교해서 읽어보자.

1. 바람도 없는 공중에 수직의 파문을 내며 고요히 떨어지는 오동잎은 누구의 발자취입니까

2. 바람도 없는 공중에
   수직의 파문을 내며
   고요히 떨어지는 오동잎은
   누구의 발자취입니까

1과 2의 차이는 내용에 있는 것이 아니고 리듬에 있다. 우리는 이 두 문장이 같은 것이므로 그 리듬이 서로 다르지 않을 것이라는 선입견을 가지고 있다. 1은 읽어가는 속도에 힘입어, 즉 읽어가는 동안 다음에 읽어야 할 글자가 기다리고 있기 때문에 낭독의 속도가 빨라진다. 그리고 이 속도 때문에 균등한 박자를 지키려는 태도를 잃게 되어 짧은 박의 도입이 쉽게 이루어지게 된다. 그러나 2에서는 첫 행을 읽고 난 다음에 둘째 행으로 옮겨가야 하는 시간이 있기 때문에 첫 행의 끝에는 호흡이 주어지게 된다. 그리고 한 행의 길이가 짧음으로써 우리의 눈은 앞으로 읽어나가야 될 것에 대한 전망을 가지게 되고 박자를 여유 있게 처리할 수 있는 계획을 갖게 된다.

그래서 1은 속도가 빠른 산문적 박자로 읽게 되지만 2는 속도가 느린 운문적 박자로 낭독하게 된다. 1과 2로 적어놓고 보면 행 내에도 어떤 박자감이 있을 수 있음을 알게 된다. 위에 적었듯이 7개의 연으로 옮겼을 때 각 연은 네 개의 행을 원형으로 해서 진행된다. 5연에서부터 4행의 변화를 일으켜 5, 2, 3행으로 끝 세 연이 이루어져 있다. 각 연을 읽을 때 그 내부의 박자가 어떤 모습을 띠는지 살펴보자.

바람도 없는/공중에/
수직의/파문을 내며/
고요히/떨어지는/오동잎은/
누구의/발자취/입니까/

지리한/장마 끝에/
서풍에 몰려가는/무서운 검은 구름의/터진 틈으로/
언뜻언뜻 보이는/푸른 하늘은/
누구의/얼굴입니까/

꽃도 없는/깊은 나무에/
푸른/이끼를 거쳐서/
옛 탑 위에/고요한 하늘을 스치는/알 수 없는 향기는/
누구의/입김입니까/

근원은 알지도 못할 곳에서 나서/
돌부리를 울리고/가늘게 흐르는/작은 시내는/
굽이굽이/
누구의/노래입니까/

연꽃 같은 발꿈치로/가이 없는 바다를 밟고/
옥 같은 손으로/끝없는 하늘을 만지면서/
떨어지는 해를/곱게 단장하는 저녁놀은/
누구의/시입니까/

타고 남은 재가/
다시 기름이 됩니다

그칠 줄을 모르고 타는/나의 가슴은/
누구의 밤을 지키는/
약한/등불입니까

위에 표시한 것처럼 행을 바꾸고 다시 행 내의 박자를 맞
추어서 읽으면 이 시는 훨씬 느린 속도로 읽힌다. 반면 이
시가 진행시키고 있는 이미지의 변화가 이에 부합하지 못함

을 느낀다. 결국 한 연은 하나의 이미지밖에 가지지 않으며 이를 수식하고 있는 내용들이 단조롭고 상투적임을 느끼게 된다. 큰 형식에만 집중하는 관심은 내부의 섬세함을 상실하기 쉬움을 우리는 여기서도 느끼게 된다. 그래서 이 시는 원래 만해가 적었던 대로 적어야 한다. 그렇게 적으면 낭독의 속도 때문에 세부적인 의미의 단조로움을 잊을 수 있다.

이 시는 "입니까"가 "됩니다"로 바뀌는 한 번의 변화에 리듬의 성공 여부를 걸고 있다. 나의 생각으로는 이 하나의 축으로 긴 시의 무게를 균형 잡기에는 좀 힘든 느낌이 든다. 뿐만 아니라 세부의 리듬과 유기적 연관성을 가지고 있지 않음으로 해서 큰 형식이 표면층에 의해 보호받지 못하고 있다. 피부만 있고 뼈가 없는 구조와는 반대로 뼈가 두드러져 나와 있는 형식은 섬세한 표면의 변화를 동반할 수가 없다. 이 시는 이미지의 입장에서 본다면 세부의 이미지와 큰 이미지 사이의 불협화가 존재하는 시이다. 이 시의 큰 이미지는 다음과 같이 변해간다.

1. 오동잎이 떨어짐은 발자취다.
2. 푸른 하늘은 얼굴이다.
3. 향기는 입김이다.

4. 시내는 노래다.

5. 저녁놀은 시다.

6. 재가 기름이 된다.

7. 나의 가슴은 등불이다.

내가 처음 이 시를 분석할 때에는 이 시는 그럴듯하게 보였는데 이상하게도 지금 다시 읽어보면서 분석을 하자니 하나도 그럴듯하지가 못하다는 느낌을 받게 된다. 그 이유는 결국 이 시는 "누구의 ~ 입니까"로 종결짓는 어투의 지나친 과장적 제스처, 세부적 이미지와 "입니까"에 의해 제시되는 이미지 사이의 불협화 그리고 작은 리듬과 큰 리듬의 유기성의 결여에 있는 것 같다. 그래서 이 시는 약간 과장된 제스처로 읽혀야만 제맛이 날 것이다.

만해 시의 리듬과 소박성은 「나의 꿈」을 보면 더욱 두드러진다.

당신이 맑은 새벽에/나무 그늘 사이에서 산보할 때에//나의 꿈은/작은 별이 되어서/당신의 머리 위에 지키고 있겠습니다.

당신이 여름날에/더위를 못 이기어 낮잠을 자거든,//나의 꿈은/맑은 바람이 되어서/당신의 주위에 떠돌겠습니다.

　당신이 고요한 가을 밤에/그윽히 앉아서 글을 볼 때에//
나의 꿈은/귀뚜라미가 되어서/책상 밑에서 「귀뚤귀뚤」 울겠
습니다.

이 시는 그 리듬에 있어서나 내용에 있어서 지나친 소박
성 때문에 실패한 시로 생각된다. 그 리듬은 다음과 같다.

　당신이 ~ 할 때에//나의 꿈은 ~ 하겠습니다.

이 두 박자는 내부의 리듬을 가지고 있지만 너무도 명료
하고 상식적인 리듬이어서 우리를 매혹하지 못한다. 또한
그 내용은 다음과 같은 움직임을 보인다.

네가 새벽에 산보할 때
　　나는 별이 되어 너를 지키고
네가 여름에 낮잠잘 때
　　나는 바람이 되어 너를 떠돌고
네가 가을밤에 글을 읽을 때
　　나는 귀뚜라미가 되어 울겠다.

한용운 135

리듬에서와 마찬가지로 의미의 진행에 있어서 전환이 없다. 그래서 이 시는 형식에서나 내용에서나 평면적이다. 변화에 의한 입체성을 얻지 못하고 있다. 물론 어느 시인이건 그가 쓴 시가 다 성공일 수는 없지만 우리는 성공한 시에서 얻을 수 있는 만큼 실패한 시에서 시인의 태도와 시를 쓰는 방법에 대해 많은 것을 얻게 된다.

「님의 침묵」과 「알 수 없어요」는 형식과 내용의 결합이라는 점에서 「나의 꿈」보다는 훨씬 성공적인 시로 생각된다. 그러나 이보다 길이가 좀더 긴 「가지 마셔요」나 「이별」, 「논개의 애인이 되어서 그의 묘에」 등은 종결된 형식을 얻는 데에 성공하지 못한 시로 생각된다. 리듬의 계층이 높아질수록, 즉 시의 길이가 길어져서 보다 큰 단위의 리듬의 문제가 생길 때, 이 리듬의 질서에 관여하는 것은 형식적인 것이기보다는 의미의 관계, 즉 내용적인 것이 되기 때문에, 보다 긴 시의 리듬을 순전히 형식적인 의미의 운율로서만 논할 때에는 문제점이 생기게 마련이다. 여하간 이러한 문제점을 의식하면서 그의 시 「논개의 애인이 되어서 그의 묘에」를 살펴보자. 퍽 길지만 전체를 살펴보기 위해 여기에 옮겨 적지 않을 수 없다.

1. 낮과 밤으로 흐르고 흐르는 南江은 가지 않습니다.

2. 바람과 비에 우두커니 섰는 矗石樓는 살 같은 光陰을 따라서 달음질칩니다.

3. 논개여, 나에게 울음과 웃음을 동시에 주는 사랑하는 논개여.

4. 그대는 朝鮮의 무덤 가운데 피었던 좋은 꽃의 하나이다. 그래서 그 향기는 썩지 않는다.

5. 나는 시인으로 그대의 애인이 되었노라.

6. 그대는 어디 있느뇨. 죽지 않은 그대가 이 세상에는 없고나.

7. 나는 황금의 칼에 베어진 꽃과 같이 향기롭고 애처로운 그대의 當年을 회상한다.

8. 술 향기에 목메인 고요한 노래는 獄에 묻힌 썩은 칼을 울렸다.

9. 춤추는 소매를 안고 도는 무서운 찬바람은 鬼神나라의 꽃수풀을 거쳐서 떨어지는 해를 얼렸다.

10. 가냘픈 그대의 마음은 비록 침착하였지만 떨리는 것보다도 더욱 무서웠다.

11. 아름답고 無毒한 그대의 눈은 비록 웃었지만 우는 것

보다도 더욱 슬펐다.

12. 붉은 듯하다가도 푸르고 푸른 듯하다가 희어지며 가늘게 떨리는 그대의 입술은 웃음의 朝雲이냐, 울음의 暮雨이냐, 새벽달의 비밀이냐, 이슬꽃의 상징이냐.

13. 삐비 같은 그대의 손에 꺾이우지 못한 落花臺의 남은 꽃은 부끄럼에 취하여 얼굴이 붉었다.

14. 옥 같은 그대의 발꿈치에 밟히운 강 언덕의 묵은 이끼는 驕矜에 넘쳐서 푸른 紗籠으로 자기의 題名을 가리었다.

15. 아아, 나는 그대도 없는 빈 무덤 같은 집을 그대의 집이라고 부릅니다.

16. 만일 이름뿐이나마 그대의 집도 없으면 그대의 이름을 불러볼 기회가 없는 까닭입니다.

17. 나는 꽃을 사랑합니다마는 그대의 집에 피어 있는 꽃을 꺾을 수는 없습니다.

18. 그대의 집에 피어 있는 꽃을 꺾으려면 나의 창자가 먼저 꺾어지는 까닭입니다.

19. 나는 꽃을 사랑합니다마는 그대의 집에 꽃을 심을 수는 없습니다.

20. 그대의 집에 꽃을 심으려면 나의 가슴에 가시가 먼저

심어지는 까닭입니다.

21. 용서하여요, 논개여! 金石 같은 굳은 언약을 저버린 것은 그대가 아니요, 나입니다.

22. 용서하여요, 논개여! 쓸쓸하고 호젓한 잠자리에 외로이 누워서 끼친 恨에 울고 있는 것은 내가 아니요, 그대입니다.

23. 나의 가슴에 "사랑"의 글자를 황금으로 새겨서 그대의 祠堂에 기념비를 세운들 그대에게 무슨 위로가 되오리까.

24. 나의 노래에 "눈물"의 곡조를 낙인으로 찍어서 그대의 사당에 祭鐘을 울린대도 나에게 무슨 속죄가 되오리까.

25. 나는 다만 그대의 유언대로 그대에게 다하지 못한 사랑을 영원히 다른 여자에게 주지 아니할 뿐입니다. 그것은 그대의 얼굴과 같이 잊을 수가 없는 맹세입니다.

26. 용서하여요, 논개여! 그대가 용서하면 나의 죄는 신에게 참회를 아니 한대도 사라지겠습니다.

27. 千秋에 죽지 않는 논개여,

28. 하루도 살 수 없는 논개여!

29. 그대를 사랑하는 나의 마음이 얼마나 즐거우며 얼마
    나 슬프겠는가.
30. 나는 웃음이 겨워서 눈물이 되고, 눈물이 겨워서 웃
    음이 됩니다.
31. 용서하여요, 사랑하는 오오! 논개여!

이 긴 시를 읽고 난 뒤 우리가 느끼는 것은 과연 시인이
이 시에 운율에 관한 어떤 계획을 가지고 있었는가 하는 의
문이다. 나에게는 계획이 없었던 것으로 느껴진다. 그러나
가능한 각도에서 이 시의 리듬의 몇 가지 현상을 분석해보
기로 하자.

1행과 2행의 종결이 존칭어미로 되어 있고 3행은 "논개
여"라는 호격으로 되어 있다. 그러나 곧 4 · 5 · 6행은 존칭
이 아닌 "않는다"와 "되었노라"와 "없고나"로 끝난다. 이
변화를 우리가 모르고 지나칠 수 있다면 이 변화는 성공적
인 것이다. 그러나 나는 큰 저항을 이 변화에서 느낀다. 즉,
한 연 안에서 "논개여"라는 호격어미를 전환의 중간 지점,
또는 축으로 하여 "南江은 가지 않습니다"와 "光陰을 따라
서 달음질칩니다"가 곧이어 "향기는 썩지 않는다"로 옮겨가
는 것은 자연스럽지가 않다. 차라리 4행, "피었던 좋은 꽃

의 하나입니다. 그래서 그 향기는 썩지 않습니다"의 어미를 존칭으로 바꾸고 다음 5 · 6행 역시, "애인이 되었습니다" "그대가 이 세상에는 없습니다"로 바꾸는 게 부드럽게 읽히지 않을까 싶다.

다음 7행에서 14행까지는 존칭어미가 아니다. 다시 15행에서 26행까지는 존칭이다. 그리고 27행에서 31행까지 "～논개여, ～논개여, ～얼마나 슬프겠는가, ～웃음이 됩니다, ～오오 논개여"로 어미가 처리되어 있다. 이 시에 이르러 이 어미의 형식을 살피는 것은 아주 메마른 작업처럼 느껴진다. 이것은 바로 이 어미 형식이 시의 형식에 기여하지 못하고 있기 때문이다. 이렇게 설명하고 보면 1에서 6행까지의 존칭어미로부터 비존칭어미로의 전환은 7～14행의 비존칭어미의 사용과 15～26행의 존칭어미로의 변화를 미리 제시한 의미를 갖는다. 그리고 이것은 물론 시인의 몸짓의 변화를 알려주는 신호이기도 하다. "너는 갔다"와 "그대는 갔습니다"와는 전혀 다른 뜻을 갖는다. 그것이 우리에게 주는 정보는 같지마는 정보 제공자의 몸짓이 다름으로써 하나는 객관적인 상태의 서술이고 다른 하나는 객관적 상태에 대한 서술과 더불어 서술자의 반응이 포함되어 있는 것이다. 그것이 진술자의 몸짓과 관련된 섬세한 차이를 가지고 있는 것만은 틀림없다. 이 시의 진정한 리듬의 형식은 15행에서부터 26행 사이에서 의도적인 것으로 나타난다. 15행에서부터 종결어미를 적어보자.

```
┌─ 15……라고 부릅니다
└─ 16……없는 까닭입니다
┌─ 17……수는 없습니다
└─ 18……지는 까닭입니다
┌─ 19……수는 없습니다
└─ 20……지는 까닭입니다
┌─ 21……그대가 아니요 나입니다
└─ 22……내가 아니요 그대입니다
┌─ 23……위로가 되오리까
└─ 24……속죄가 되오리까
┌─ 25……없는 맹세입니다
└─ 26……아니 한대도 사라지겠습니다
```

여기서 우리는 세 번의 시퀀스를 본다. 그리고 그 시퀀스가 절정에 이르렀을 때 그 리듬은 멋있게 부서져나간다. 즉 19 · 20행과 21행의 리듬이 얼마나 다른지 한번 읽으면서 느껴보아야 할 것이다. 그것은 우선 19행에서 "나는 꽃을 사랑합니다마는"까지를 한 숨으로 읽어야 하고, 20행에서 "그대의 집에 꽃을 심으려면 나의 가슴에"까지를 한 숨에 읽어야 하는데 이 긴 숨의 계속되어온 시퀀스, 즉 15행에서부터 내려오던 힘이 21행에 이르러 "용서하여요 논개여"로 짧아짐으로써 얻어지는 리듬 변화는 큰 효과를 보인다. 이러한 놀라움과 쾌감이 두 번이나 계속되어 22행이 끝난 다음에는 23행에서부터 긴 넋두리가 시작된다. 그리고 여기서 문장이 길어져서 넋두리가 되는 것을 이제 누가 탓할 수 있으랴. 그리고 그 넋두리는 25행에 이르러 절정에 이른다.

이 시의 약점은 27~31행까지의 종결에서 느껴지는 종결감의 결여에 있다. 모든 형식은 종결감의 성공 여부에서 판가름이 난다고 해도 과언이 아니다. 종결감의 성공 혹은 실패의 여부는 시를 섬세한 감정을 가지고 읽어봄으로써 확인할 수 있다. 그리고 그런 감수성은 바꾸어 말하면 형식 체험의 수준을 가늠해주는 것이다. 이 시는 네 부분으로 나뉜다. 네 부분과 그 내용을 보이면 다음과 같다.

1~ 6행　　서론(도입부)
7~14행　　객관적 서술

내용으로 보자면 1~6행의 도입은 27~31행과 상응하는
부분이고 7~14행과 15~26행이 객관적인 것과 주관적인
것의 변화를 보여주고 있다. 이 정도의 계획도 당시의 시인
에게는 벅찬 일이었을지 모르지만 보다 견고한 형식을 얻기
위해서는 각 부분 간의 유기적 통일성이 이루어졌어야 했을
것이다. 그것을 도와주는 한 방법으로서 리듬의 구조가 보
다 면밀히 검토되어야 하지 않을까 하는 생각이 든다.

만해의 성공적인 시의 장점은 그 시들이 큰 형식을 취하
려고 했었다는 점에 있다. 그러나 한편 그의 시의 리듬적인
결점은 섬세한 리듬을 너무 생각지 않았었던 데 있다. 큰
것에만의 관심은 리듬에서뿐만 아니라 이미지에서도 그러
하다. 큰 리듬과 작은 리듬이 서로 연결되지 못할 때를 가
리켜 우리는 그것을 불협화적인 리듬이라고 말할 수 있다.
또한 큰 이미지와 작은 이미지 들이 조화롭게 연결되지 못
하는 것을 우리는 이미지의 불협화라고 한다면 만해의 시는
이 두 가지의 불협화가 해소되지 않은 점이 그 결점일 것이
다. 그러나 그가 행을 적었듯이 작은 리듬에 대한 무관심은

때로 과장된 제스처에 의해 보다 멋있게 낭독될 수도 있을
것이다.

이상: 미궁의 리듬

이상(李箱, 본명 김해경, 1910~1937)의 시 중에는 애송
되는 시가 거의 없다. 그의 시가 난해하다는 것은 일반적으
로 알려진 일이다. 그의 시가 갖는 음악성을 살펴보면 시의
난해성에 걸맞은 현상을 발견하게 된다. 이상의 시의 리듬
은 미궁으로 빠지려는 경향을 갖고 있다. 판단을 불능케 하
고 리듬 분절을 허용치 않음으로써 아예 그 인식을 거부하
려는 듯한 태도를 보인다.

내키는커서다리는길고왼다리아프고안해키는작어서다리는
짧고바른다리가아프니내바른다리와안해왼다리와성한다리끼

리한사람처럼걸어가면아아이夫婦는부축할수없는절룸발이
가되어버린다無事한世上이病院이고꼭治療를기다리는無病
이끝끝내있다

─「지비(紙碑)」

이 시는 그의 대부분의 시가 그렇듯이 띄어쓰기를 거부하
고 있다. 띄어쓰기의 거부는 리듬의 분절을 암시하기 싫기
때문에 일어나는 일이다. 우리는 이 시를 읽고 그 낭독의
리듬을 이야기할 수 없다. 부드러운 낭독은커녕 도대체 의
미를 연결하며 읽어나가기조차 불편할 지경이다. "다리가
길고" "다리가 짧고" 또 "바른다리" "왼다리" 등 같은 단어
가 끊임없이 출몰함으로써 우리는 수없이 많은 같은 크기의
파도가 솟아오르고 내리는 비분절성의 세계에 빠진 느낌을
갖게 된다. 이것이 그의 시가 노리는 미궁으로의 추락인 것
으로 보인다. 우리는 이보다 더 심한 예를 「오감도」 중의
「시 제2호」와 「시 제3호」에서 만난다.

나의아버지가나의곁에서조을적에나는나의아버지가되고또
나는나의아버지의아버지가되고그런데도나의아버지는나의아
버지대로나의아버지인데어쩌자고나는자꾸나의아버지의아버

지의……아버지가되니나는왜나의아버지를껑충뛰어넘어야
하는지나는왜드디어나와나의아버지와나의아버지의아버지와
나의아버지의아버지의아버지노릇을한꺼번에하면서살아야하
는것이냐

———「시 제2호」

우리는 이 시를 읽으며 어지러움을 느낀다. 시의 내용이
고 무엇이고 몽롱해지며 귀찮아지는 것이다. "아버지"란 음
향은 끊임없는 발음 연습 후에 그 생소함을 느끼듯이 그런
모습으로 우리에게 남는다. 이 시에는 리듬이 없다. 끊임없
는 반복에 의한 어지러움이 있다. 이 어지러움이 이상이 노
린 것이라고 나는 믿는다. 이 시는 그 내용으로 보자면 아
버지의 중첩인데 마치 텔레비전 화면 속에 텔레비전 화면이
있고 다시 그 안에 텔레비전 화면이 나오는 미궁을 닮은 것
이다. 이 미궁으로의 추락에는 그러므로 분절감이 존재하
지 않는다. 그래서 음악적으로 보자면 그의 시는 형식을 갖
지 않고 있다. 그의 시는 속도의 변화가 없이 미끄러져 가
는 돛배처럼 형식을 이루기 위한 막힘이 없기 때문이다.

　싸움하는사람은싸움하지아니하던사람이고또싸움하는사람

은싸움하지아니하는사람이었기도하니까싸움하는사람이싸움
하는구경을하고싶거든싸움하지아니하던사람이싸움하는것을
구경하든지싸움하지아니하는사람이싸움하던구경을하던지싸
움하지아니하던사람이나싸움하지아니하는사람이싸움하지아
니하는것을구경하든지하였으면그만이다.

—「시 제3호」

「시 제3호」역시 「시 제2호」와 다를 바 없다. 2호에서는
우리를 어지럽게 한 것이 "아버지"였는데 3호에서는 "싸움"
으로 바뀌어 있다. 그리고 이 싸움은 "하는"과 "하지 않는"
의 끊임없는 교차로 우리를 어지럽게 만든다. 그리고 이 현
재형의 어미는 "싸움하던"과 "싸움하지 아니하던"의 과거형
까지 개입함으로써 더욱 어지럽게 된다. 이 시를 읽고 머리
에 남는 것은 "싸움"이란 말의 미궁이다.

리듬을 이렇게 사용한 방법을 우리는 리듬의 부정적 사용
이라고 말할 수 있을 것이다. 지각과 인식을 통한 리듬적인
유기체의 형성을 향한 것이 아니고 리듬의 혼란을 야기시킴
으로써 그 혼란이 우리에게 주는 어지러움을 얻으려고 한
것이 이상의 방법이었기 때문이다. 윤동주의 「팔복」에서
"슬퍼하는 자는 복이 있나니"가 여덟 번이나 반복되었을 때

우리는 거기서 최면의 효과를 얻었다. 그러나 이상의 「시 제2호」와 「시 제3호」의 효과는 최면이 아니다. 최면은 인식된 리듬의 반복에 의해서 성취되지만 이상의 리듬이 지니는 멀미는 인식이 불가능함으로써 생기는 현상이기 때문이다. 이 멀미를 스스로 인정하고 질서의 상징인 "시계를 내동댕이쳐버리"는 경우를 우리는 그의 「운동(運動)」에서 보게 된다.

一層우에있는二層우에있는三層우에있는屋上庭園에올라서南쪽을보아도아무것도없고北쪽을보아도아무것도없고해서屋上庭園밑에있는三層밑에있는二層밑에있는一層으로내려간즉東쪽에서솟아오른太陽이西쪽에떨어지고東쪽에서솟아올라西쪽에떨어지고東쪽에서솟아올라하늘한복판에와있기때문에時計를꺼내본즉서기는했으나時間은맞는것이지만時計는나보담도젊지않느냐하는것보담은나는時計보다는늙지아니하였다고아무리해도믿어지는것은필시그럴것임에틀림없는고로나는時計를내동댕이쳐버리고말았다.

이 시는 그래도 「시 제2호」보다는 읽기가 편하다. 그것은 반복이긴 하지만 1층에서 2층으로 그리고 3층으로 단어의 변화가 있기 때문이다. 그러나 그의 지나친 장난이 보이는 곳은 "西쪽에 떨어지고 東쪽에서 솟아올라"의 쓸데없는 반복이다. "時計"라는 단어의 출현에 이르러 다시 무용한 반복을 즐기고 있다.

리듬의 입장에서 보았을 때 나는 이들 시가 성공한 것으로 보지 않는다. 그는 리듬의 거부에 성공한다. 사실, 그가 진정으로 거부한 것은 시 자체일 것이다. 우리는 이상의 시 중에 리듬이 인식되고 그 내용과 어울리는 계기를 찾은 시를 「꽃나무」와 「절벽」에서 읽을 수 있다.

벌판한복판에꽃나무하나가있오. 近處에는꽃나무하나도없오. 꽃나무는제가생각하는꽃나무를熱心으로생각하는것처럼熱心으로꽃을피워가지고섰오. 꽃나무는제가생각하는꽃나무에갈수없오. 나는막달아났오. 한꽃나무를爲하여그러는것처럼나는참그런이상스러운흉내를내었소

—「꽃나무」

꽃이보이지않는다. 꽃이香氣롭다. 香氣가滿開한다. 나는거기墓穴을판다. 墓穴도보이지않는다. 보이지않은墓穴속에나는들어앉는다. 나는눕는다. 또꽃이香氣롭다. 꽃은보이지

않는다. 香氣가滿開한다. 나는잊어버리고再처거기墓穴을판다. 墓穴은보이지않는다. 보이지않는墓穴로나는꽃을깜박잊어버리고들어간다. 나는정말눕는다. 아아. 꽃이또香氣롭다. 보이지도않는꽃이―보이지도않는꽃이.

—「절벽(絕壁)」

「꽃나무」에서는 "나는 막 달아났소"라는 한 문장을 제외하고는 모두 "꽃나무"라는 단어를 담고 있다. 모두 여섯 개의 비교적 짧은 문장에 "꽃나무"라는 단어가 모두 일곱 번 출현한다. 앞서의 "아버지"나 "싸움"에 비교할 수는 없지만 이 시에서도 "꽃나무"란 말은 집념처럼 맴돌고 있다.

「절벽」에서는 "꽃"과 "향기"와 "묘혈"이 꼬리를 물고 나타난다. 이 시는 "꽃이 보이지 않고, 향기는 끊임없이 나며 나는 묘혈을 판다"는 의미가 얼기설기 엉켜 있는 그 묘혈에 들어가 눕는다는 "나"의 행동을 알려주고 있다. 이 두 시의 리듬은 산문적이기는 하지만 그 리듬이 부정적인 효과로써 시에 봉사하고 있지는 않다.

이상은 그의 시에 있어서의 리듬의 기능을 최소한으로 줄였거나 아니면 리듬 인식 기능을 마비시키는 반복적인 단어의 출현으로써 어지러움을 수반하는 부정적 방향에서 그 효과를 찾았다. 이러한 경향은 숫자의 배열이라든지 또는 뒤집어진 글자의 사용에서도 볼 수 있다. 숫자가 거울에 반사된 모습이 좌우가 바뀐 모양으로 나열되어 있는 시를 우리는 읽을 수가 없다. 더구나 그런 숫자는 낭독될 수가 없다. 아마도 이상은 그 시가 읽히기를 원했는지는 모르겠으나 최소한 낭독되기를 거부한 듯이 보인다. 낭독의 거부는 리듬의 거부이고 시간적 형식의 거부로 통한다. 시가 시각적 형식을 갖는 것은 불가능하지는 않다. 말하자면 그가 나열한 뒤집혀진 숫자는 그 나열 방식과 눈으로 읽어 내려가는 시간적 순서에 의해서 형식을 얻을 수 있다. 그러나 그것은 도안의 범주에 머물고 그래픽에 속한다. 최소한 그 형식은 시각적 도형의 시간적 배열에 의한 형식을 넘어설 수가 없다. 이런 점에서 본다면 이상의 시는 시간적이 아니다. 그의 시는 의미가 있는 경우에서도 시각성이 강하다. 이것은 아마 그가 이 세계에 절망했기 때문일 것이다. 그리고 시를 통한 소통을 거부한 것으로 보인다. 시를 통해 시의 시대가 끝났음을 보여준다. 시적 담론의 허구가 드러난 21세기의 시 세계를 바라보는 우리에게 그는 100년 가까이 앞서 우리에게 난해한 제스처로 그것을 알려준 것이다.

유치환: 거문고의 리듬

청마(靑馬) 유치환(柳致環, 1908~1967)의 시를 읽는 것은 나에게 큰 기쁨을 준다. 그의 시는 우선 시인의 티가 덜 나기 때문에 기분 좋고 또 그의 시가 지닌 리듬이 힘차기 때문이다. 그래서 그의 시에는 시를 읊으려고 짓는 여성적 몸짓이 없고 거센 바람에 흔들리는 힘찬 리듬이 있다. 가야금이 아닌, 거문고의 음악인 셈이다.

너는 本來 기는 즘생.
무엇이 싫어서
땅과 낮을 피하야

음습한 廢家의 지붕밑에 숨어

파리한 幻想과 怪夢에

몸을 야위고

날개를 길러

저 달빛 푸른 밤 몰래 나와서

호을로 서러운 춤을 추려느뇨

　　　　　　　　　　　—「박쥐」

　위의 시는 원래의 모습대로 띄어쓰기를 하였다. 첫 행을
우리는 어떻게 읽어야 할까. 네 음절씩 모아서 두 박자로
읽어야 할까. 이 첫 행은 기묘하게도 네 박자로 읽히지 않
을 수가 없다.

　너는/本來/기는/즘생.

　이렇게 읽지 않을 수 없는 것은 이 문장의 문법적 구조
때문이다. "本來"라는 단어가 빠진다면 아마도 "기는 즘생"
은 붙어서 한 박자가 되었을 것이다. 이 두 음절이 만드는
한 박자가 네 개가 모여서 이루는 네 박자는 독특한 힘을
갖는다. 종지점으로 꽉 눌러 끊어놓은 이 첫 행의 힘이 이

시 전체를 살게 하는 힘이다. 띄어쓰기로써 이 시의 리듬을
표시하고 다시 읽어보자.

> 너는 本來 기는 즘생.
> 무엇이 싫어서
> 땅과 낮을피하야
> 음습한 廢家의 지붕밑에숨어
> 파리한 幻想과 怪夢에
> 몸을 야위고
> 날개를 길러
> 저달빛 푸른밤 몰래나와서
> 호을로 서러운 춤을 추려느뇨

"낮을피하야"나 "지붕밑에숨어"는 물론 늘어진 박자로
읽혀질 것이다. "몰래나와서" 역시 한 박자에 넣어 읽기는
조금 긴 느낌을 준다. 이 한두 군데의 늘어진 박자를 제외
하면 이 시는 규칙적인 박자로 읽힌다. 첫 행의 강한 힘은
꾸준히 흘러내려 "몸을 야위고/날개를 길러"에까지 미친다.
이 시의 리듬의 섬세한 변화는 다음 행에 나타난다.

저 달빛 푸른 밤 몰래 나와서

　이 끝에서 둘째 행은 리듬으로 보자면 이 시의 가장 멋있는 부분이다. "저 달빛 푸른 밤"은 ― ‥, ‥ ―(♪♫ ♫♪)으로 읽힌다. 이 리듬의 대칭성은 청마가 리듬의 섬세성을 무시하지 않는 시인임을 입증해주는 사실이다.

　끝 행에 이르면 그는 "홀로"라고 쓰는 것이 싫어서 "호을로"라고 쓰고 있다. 그것은 "서러운"과 음수를 맞추려는 의도 때문인 듯하다. 이 끝 행은 음수가 3·3·2·4로 되어 있는 네 박자인데, 이 네 박자는 결국 첫 행의 강렬한 네 박자를 기억하고 있음을 알리는 것이다. 리듬으로 보자면 이 시의 골격은 다음과 같이 표시될 수 있을 것이다. 즉 첫 행의 4박자와 끝 두 행의 리듬으로의 연결이다.

　　너는 本來 기는 즘생.
　　　　　⋮
　　저 달빛 푸른 밤 몰래 나와서
　　호을로 서러운 춤을 추려느뇨

　이 골격 사이에 박쥐가 몸을 야위고 날개를 기르게 된 상황이 설명되어 있다. 널리 알려진 청마의 시를 살펴보자.

　　　이것은 소리없는 아우성

　　　저 푸른 海原을 向하야 흔드는

　　　永遠한 노스탈쟈의 손수건

　　　純情은 물결같이 바람에 나부끼고

　　　오로지 맑고 곧은 理念의 標ㅅ대 끝에

　　　哀愁는 白鷺처럼 날개를 펴다.

　　　아아 누구던가

　　　이렇게 슬프고도 애달픈 마음을

　　　맨처음 공중에 달 줄을 안 그는.

　　　　　　　　　　　　　　　　　—「旗빨」

　이 시의 이미지의 움직임을 먼저 살펴보고 그 리듬을 살펴보는 것이 순서일 것 같다. 첫 3행에서 "이것은 아우성이고 손수건"이라는 사실을 알려주며 퀴즈로 들어간다. 그러고는 "이것은"과는 관계가 없는 주어가 두 개 나타난다. 그 하나가 "순정"이고 다른 하나가 "애수"이다. 순정은 나부끼고 즉 매달려 있고 애수는 날개를 편다. 즉 멀리 가려고 한다. 그러고 난 다음에 "이 애달픈 마음을 공중에 처음 단

사람이 누구인가"라는 질문으로 이 시가 끝난다.

여기서 "소리 없는 아우성"은 멀리서 펄럭이기 때문에 펄럭이는 소리가 들리지를 않는 깃발의 모습을 나타내고 있다. 힘찬 소리를 내고 있음에 틀림이 없지만 그 소리가 여기서 들리지 않는다는 사실이 깃발의 펄럭임을 생생하게 해주고 있다. 들리지 않지만 펄럭이는 손수건이 순정으로 연결된다. 순정은 매달려서 나부끼고 애수는 날개를 편다. 순정과 애수는 끝에 이르면 마음이 된다. 그리고 그 마음이 지금 공중에 매달려 펄럭이고 있다. 그래서 이 시는 깃발과 마음을 연결시킨다. "아우성" "순정" "애수" "영원" "노스탈쟈" "이념"은 모두 마음이고 "손수건" "푯대" "백로" "날개"는 깃발이다. 깃발과 마음이 뒤섞인 이미지의 변화를 감지하고 나면 이 시를 읽는 리듬은 그 깃발이 어떻게 펄럭이고 있는가를 보여주어야 마땅할 것이다.

이것은/소리없는/아우성/

저 푸른/海原을 向하야/흔드는/

永遠한/노스탈쟈의/손수건/

純情은/물결같이/바람에 나부끼고/

오로지/맑고/곧은/理念의/標ㅅ대끝에

哀愁는/白鷺처럼/날개를 펴다/

아아/누구던가/

이렇게/슬프고도/애달픈 마음을/

맨처음/공중에/달 줄을/안 그는./

　여기서 우리가 주목해야 할 것은 1행과 3행의 "아우성이
고"의 "이고" 어미와 "손수건이다"의 "이다" 어미를 생략한
점이다. 이 생략은 리듬을 강화하기 위한 것이고 강세를 이
단어들에 주기 위한 방법이다. 1행에서부터 시작된 3박자
의 리듬이 4행까지 계속된다. 이 강한 3박자의 움직임을 바
탕으로 해서 5행에 이르면 깃발이 강렬하게 펄럭이듯 힘찬
리듬이 나타난다. 5행은 "오로지/맑고/곧은/理念의/"로 표
시했듯이 두 음절과 세 음절의 단어들이 서로 모여 붙으려
고 하지를 않는다. 이 끊어짐과 그것들이 한 박자씩을 차지
하는 힘은 앞의 3박자와 대조를 이루며 리듬의 힘을 드러낸
다. 이와 같은 리듬의 강렬한 변화는 다음 행에서 한 번 더
나타났어도 좋을 뻔했으나 그는 단 한 번 강렬함을 보여주
고는 다시 원래대로의 3박자로 돌아간다. 그러고는 리듬의
입장에서 보자면 여기서 그는 시의 종결을 준비하고 있다.
7행에서의 두 박자로의 변화는 앞서의 3박자와 대조를 이

루며 우리에게 종결의 도래를 알리고 있다. 끝에서 두번째 행은 3박자이지만 끝 행은 4박자이다. 이 네 박자의 끝 두 박이 퍽 여운 있는 리듬을 지니고 있다.

맨처음/공중에/달 줄을/안 그는.

"달 줄을 안 그는"은 "을"과 "안"이 장모음으로 됨으로써 "‥—, —‥"(♫♩ ♩♫)의 리듬이 되는데 이것은 앞 리듬을 뒤집어놓은 것으로 우리에게 리듬적 쾌감을 주고 있다. 이것은 또한 「박쥐」의 "저 달빛 푸른 밤"을 연상케 한다. "저 달빛"에서는 "—‥, ‥—"(♩♫ ♫♩)이었다.

청마의 리듬에 대한 이와 같은 섬세성은 우리로 하여금 그가 두 음절로 한 박자를 즐겨 만든 것이 우연한 일이 아님을 깨닫게 한다. 두 음절로써 한 박자를 만들려는 욕망은 어느 시인에게도 있는 것 같지만 그 예를 우리는 청마에서 많이 찾을 수 있다. 「박쥐」의 첫 연은 앞서 말했듯이 두 음절로 된 네 개의 박자로 구성되어 있었다. 이런 경우를 우리는 여러 곳에서 찾을 수 있다. 눈에 띄는 대로 지적하면

아아/누구던가　　　　　　　　　　　　　—「旗빨」

　보이지 않는 곳에/깊이/뿌리박고 있기에/항시/亭亭할 수

있는 나무.　　　　　　　　　　　　　—「나무」 전문

　어디로 향을 해도/거기/또 하나/나의 자태여.

　　　　　　　　　　　　　　　　　—「구름」 전문

　귀도/문어지라듯/북을 울리며　　　—「악대(樂隊)」

　두 음절로 된 한 박자에의 애착은 "오오/산이여……"라

든지 "아아/또 적막한……" 등에서도 볼 수 있다. "아"나

"오" 한 음절로도 표기할 수 있는 것을 두 음절로 표기한 것

은 그것을 한 음절로 버려둘 수 없었기 때문일 것이다.

　깃발이 등장하는 또 하나의 시를 읽어보자. 이 시 역시

그 내용 때문인지 박자의 움직임이 남성적인 맛을 띠고 있

다.

　하늘은/음산히 치웁고/

　눈/나리랴는 날/

　낮게 웅크린/灰빛 거리를/

　한 樂隊의/行列은 지내가나니/

　反響도 없는 虛空에/나팔을 높이 불고/

귀도/문허지라듯/북을 울리며/

가난한/아이들은/허리를 굽으려/

旗ㅅ대에는/핏기 없는 內臟을/매달어 메고/

무거이/앞뒤를/따렀나니/

아아/이 파리한 人生의/行列은/

무엇을/보이려/함이런고./

무엇을/알리려/함이런고./

—「악대」

이 시는 「旗빨」과 같은 구조를 가지고 있다. 10행의 "아아"로 시작하면서 13행에 이르러 이 시는 종결된다. "눈"과 "귀도" 등의 적은 음절 수의 한 박자가 긴박감을 주고 있고 5행까지의 큰 두 박자의 진행이 6행에서 9행에 이르기까지 세 박자로 변하고 있다. 이 2박에서 3박으로 또는 3박에서 2박으로의 박자 수의 변화는 음악적 용어로 박자 대립 contra-metric이라고 부른다. 박자 내부의 섬세한 변화와 더불어 이 박자 대립은 리듬 구성의 필수적인 수법이다. 다음 시에서 이 박자 대립이 퍽 선명하게 나타나고 있다.

내 죽으면 한개 바위가 되리라

아예 愛憐에 물들지 않고

喜怒에 움직이지 않고

비와 바람에 깎이는 대로

億年 非情의 緘默에

안으로 안으로만 채찍질하여

드디어 生命도 忘却하고

흐르는 구름

머언 遠雷

꿈꾸어도 노래하지 않고

두 쪽으로 깨뜨려져도

소리하지 않는 바위가 되리라.

—「바위」

첫 행은 다음과 같이 읽혀 모두 네 박자를 이루게 된다.

내/죽으면/한개/바위가 되리라

이 문장은 정상적으로 쓰자면 "내가 죽으면 한 개의 바위
가 되리라"가 되어야 할 것이다. "가"와 "의", 이 두 글자가

더 붙은 이 문장은 전혀 리듬의 힘을 갖지 못한다. 이것은 물론 원시와 비교했기 때문에 우리가 알 수 있게 된 것이긴 하다. 이 리듬은 음절 수로 보아 "내"와 "한개"가 서로 상응한다.

ᐧ …, ‥ … ——

만일 "되리라"를 꼬리가 흐려진 어미로 생각해 위와 같이 기호화하면 이는 1 3 2 3 ……의 음절 수의 응답이 성립되게 된다. 이 첫 행의 매혹은 이 시의 끝까지 우리의 뇌리에 남게 된다. 그리고 "한개 바위가 되리라"는 끝 행에 "소리하지 않는 바위가 되리라"에서 다시 공명하고 있다.

7행에 이르기까지 한 행의 박자 수는 끊임없이 바뀌어간다. 첫 행에서부터 7행까지 박자 수의 변화는 다음과 같다.

1. ∨ ∨ ∨ ∨   (4)

2. ∨ ∨ ∨   (3)

3. ∨ ∨   (2)

4. ∨ ∨ ∨   (3)

5. ∨ ∨   (2)

6. ∨ ∨ ∨　　(3)

7. ∨ ∨ ∨　　(3)

7행까지의 이 변화의 흐름은 적은 음절 수의 두 박자로
단절된다.

　흐르는/구름

　머언/遠雷

이 두 박자의 매력을 위해 그는 "먼" 대신 "머언"이라고
기록한 것이다. 그러고 나서의 끝 3행은 앞서 살핀 다른 시
들처럼 종결구인 것이다. 다음 3행은 모두 두 박자이지만
음절 수가 많아지고 마침내 최종의 행에 이르러서는 늘어진
박자가 도입되는 것이다.

　꿈꾸어도/노래하지 않고

　두 쪽으로/깨뜨려져도

　소리하지 않는/바위가 되리라

이 3행은 다음과 같은 박자로 낭독되어야 할 것이다.

10. ∨   ∨

11. ∨   ∨

12. ⌣   ⌣

　12행의 이 늘어진 박자는 청마가 다른 시의 종결구에서 성취했던 리듬의 섬세한 변화를 대신하는 것이다. 앞서 살핀 「박쥐」와 「旗빨」과 「바위」에 있어서 공통되는 리듬의 구조는 다음과 같은 것이다. 이들 시에서는 종결구가 2～3행으로 되어 있다. 그리고 그 직전에 2박자의 리듬이 한 행(「旗빨」) 또는 두 행(「박쥐」·「바위」)이 주어진다. 그리고 이 두 박자는 앞서 흘러오던 리듬을 크게 막거나 아니면 그에 변화를 준다. 쉽게 말하자면 시의 흐름을 만든 뒤 두 박자로 그 흐름을 막아버리는 것이다. 그러고는 다시 마지막의 흐름을 주는 것이다. 뿐만 아니라 이 마지막 흐름에 어떤 기교가 쓰이고 있다.

　이것이 앞서 살핀 몇 개의 시의 형식이다. 흐름을 막는다는 말은 로마의 카리시우스Charisius(circa A.D.400)의 "리듬은 흐르는 미터이고 미터는 막힌 리듬이다Rhythmus est metrum fluens, metrum rhythmus clausus"라는 말을 생각나게 한다. 다음은 그의 「수선화」의 전문이다.

몇 떨기 水仙花—
가난한 내 房 한편에 그윽히 피어
그 淸楚한 자태는 限없는 靜寂을 서리우고
宿醉의 아침 거츠른 내 心思를 아프게도 어루만지나니
오오 水仙花여
어디까지 은근히 은근히 피었으려는가.

지금 거리에는
하늘은 음산히 흐리고
땅은 돌같이 얼어붙고
寒風은 살을 베고
파리한 사람들은 말없이 웅크리고 오가거늘
이 치웁고 낡은 現實의 어디에서
水仙花여 나는
그 맑고도 고요한 너의 誕生을 믿었으료.

그러나 確實히 있었으리니
그 純潔하고 優雅한 氣魄은

이 鬱鬱한 大氣 속에 봄 안개처럼 엉기어 있었으리니

그 忍苦하고 엄숙한 뿌리는

地刻의 깊은 疼痛을 가만히 견디고 호을로 묻히어 있었으리니

水仙花여 나는 너 우에 허리 굽혀

사람이 모조리 잊어버린

어린 人子의 철없는 微笑와 반짝이는 눈瞳子를 보나니

하야 지금 있는 이 惟悴한 人生을 믿지 않나니

또한 이것을 기어코 슬퍼하지도 않나니

오오 水仙花여 나는

반드시 돌아올 本然한 人子의 叡智와 純眞을 너게서 믿노라.

水仙花여.

몇 떨기 가난한 꽃이여.

뉘 몰래 쓸쓸한 내 房 한편에 피었으되

그 限없이 淸楚한 자태의 차거운 映像을

가만히 왼 누리에 投影하고

이 嚴寒의 節候에

멀잖은 봄 宇宙의 큰 뜻을 豫約하는

너는 고요히 치어든 敬虔한 손일네라.

이 시는 모두 네 연으로 되어 있다. 첫 연이 6행, 둘째 연이 8행, 셋째 연이 12행 그리고 끝 연이 8행이다. 첫 연은 방에 수선화가 있음을 알린다. 그리고 둘째 연은 추운 겨울 거리를 알린다. 셋째 연에서 수선화와 얼어붙은 대지와 연결되고 끝 연에 이르러 방 안의 수선화를 다시 보게 됨을 우리에게 느끼게 해준다.

나는 나의 개인적인 성향 때문인지 모르겠으나 "몇 떨기 水仙花—"란 첫 행을 읽으며 미소 짓지 않을 수 없다. 그것은 시인들은 으레 "한 떨기 水仙花—"로 말할 권리를 가진 사람들이란 생각을 하기 때문이다. "몇 떨기"가 있었거나 "한 떨기"가 있었거나, 즉 어느 것이 사실이냐를 떠나서 우리의 언어 습관은 "몇 떨기"를 사실적인 것으로 생각하게끔 되어 있다.

이 긴 시의 각 행을 일일이 박자를 나누어 그 낭독의 리듬을 규명할 필요는 없을 것 같다. 누구나 어렵지 않게 박자를 구별해가며 읽을 수 있을 만큼 이 시는 편안하게 읽히는 시이기 때문이다. 다만 각 연의 변화와 형식에 대해서 간단히 살피기로 하자.

둘째 연의 첫 네 행은 앞의 연과는 대조되는 부분이다.

전부 두 박자이고 비교적 빠른 속도로 읽힌다. 그리고 시는 갑자기 방 밖으로 나왔고 아직 겨울임을 알려주고 있기 때문에 이 두 박자는 추운 걸음걸이를 보여준다.

> 지금/거리에는
>
> 하늘은/음산히 흐리고
>
> 땅은 돌같이/얼어붙고
>
> 寒風은/살을 베고

그런데 재미있는 것은 첫 연에서도 끝나는 행인 제6행 바로 앞에 "오오/水仙花여"라는 두 박자가 나오고 둘째 연에서도 "水仙花여/나는"이라는 두 박자가 나온다. 이것은 앞서 살핀 시들에서 종결부 도달의 기술이었음을 밝힌 바로 그 방법이다. 그런데 제3연 역시 최종 행 바로 앞에 행이 짧은 음절들이 모인 두 박자가 나타난다. "오오/水仙花여 나는"은 두 박자로 읽힌다. 그런데 더욱 유쾌한 일은 첫 연과 둘째 연과 셋째 연의 이 최종 행 직전의 두 박자를 적어보면 나타난다. 끝 연의 두 박자 부분까지 첨가해본다.

〔1연〕 오오 水仙花여

〔2연〕水仙花여 나는

〔3연〕오오 水仙花여 나는

〔4연〕이 嚴冬의 節候에

3연은 1연과 2연을 연결한 것이다. 그리고 4연은 그 첫
행에 이미 수선화를 부르고 있다.

水仙花여

몇 떨기 가난한 꽃이여

이 시는 아주 긴 시는 아니지만 두 페이지에 이르는 비교
적 긴 시로서 이처럼 아름다운 형식을 성취한 것에 우리는
놀라지 않을 수 없다. 마치 그 형식 자체가 수선화의 아름
다운 자태인 듯하다. 이 시의 이미지는 나의 생각으로는
"水仙花"와 "地刻"의 연관인 것으로 보인다. 그리고 그것은
김현에 의해 지적되었듯이(『유치환』의 해설, 지식산업사,
1981) 수선화는 수직적 초월을 상징한다. 수선화를 통한
지각(地刻: '땅에 새겨놓는다'는 뜻)의 수직적 초월이 우리
를 더욱 감동케 한다.

나는 다음의 긴 시가 두 박자에 의한 흐름의 단절이란 한

예가 됨을 보이기 위해 그 전문을 인용하지 않을 수 없다. 그에게 있어서 두 박자는 항상 처절한 막음의 뜻을 가지고 있었지만 이 시에서 두 행으로 이루어진 두 박자의 막음은 우리를 현실로 데리고 온다. 물론 이 모자의 대화가 전체의 시적 분위기를 얼마만큼 끌어올리느냐의 문제는 리듬의 문제를 살피고 있는 나의 권한을 넘어서는 것인지 모른다.

서울 上道洞 山番地를 나는 안다
그 근처엔 내 딸년이 사는 곳

들은 대로 상도동행 뻐스를 타고 한강 인도교를 지나 영등포 街道를 곧장 가다가 왼편으로 꺾어지는 데서 세번째 정류소에 내려 그 정류소 바로 앞골목 언덕배기 길을 길바닥에 가마니거적을 깔고 옆에서 우는 갓난아기를 구박하고 앉아 있는 한 중년사나이 곁을 지나 올라가니 막바지 상도동 K교회당 앞에 낡은 판자로 엉성히 둘러 가리운 뜰안에 몇 家口가 사는지 그 한편 마루 앞 내 세째딸년의 되는 대로 걸쳐 입은 뒷모습

—이 새끼 또 밥 달라고 성화할 테냐 죽여버린다

—엄마 다시는 밥 안 달라께 살려줘

　그 상도동 산번지 어디에서 한 굶주린 젊은 어미가 밥달
라고 보채는 어린것을 독기에 받쳐 목을 졸라 죽였다고

　—이 새끼 또 밥 달라고 성화할 테냐 죽여버린다
　—엄마 다시는 밥 안 달라께 살려줘

　그러나 그것은 내 딸자식이요 손주가 아니라서 너는 오늘
도 아무런 죄스럼이나 노여움 없이 삼시세끼를 챙겨 먹고서
양복바지에 줄을 세워 입고는 모자를 얹고 나설 수 있는 것
인가 그리고는 어쩌면 네가 말할 수 없이 값지다고 믿는 예
술이나 인생을 골똘히 생각하는 것인가

　그러나 이 순간에도 굶주림에 개같이 지쳐 늘어진 무수한
인간들이 제 새끼를 목졸라 죽일 만큼 독기에 질린 인간들
이 그리고도 한마디 항변조차 있을 수 없이 꺼져가는 한 겨
레라는 이름의 인간들이 영락없이 무수히 무수히 있을 텐데
도 그 숫자나마 너는 파적거리로라도 염두에 올려본 적이
있는가

그러나 한편으로 끼니는 끼니대로 얼마나 배불리 먹고도 연회가 있어야 되고 사교가 있어야 되고 잔치가 있어야 되고—그래서 진수성찬이 만판으로 남아돌아가듯이 국가도 있어야 되고 대통령도 있어야 되고 반공도 있어야 되고 질서도 있어야 되고 그 우스운 자유 평등도 문화도 있어야만 되는 것

　　—이 새끼 또 밥 달라고 성화할 테냐 죽여버린다
　　—엄마 다시는 밥 안 달라게 살려줘

　그러므로 사실은 엄숙하다 어떤 국가도 대통령도 그 무엇도 도시 너희들의 것은 아닌 것
　그 국가가 그 대통령이 그 질서가 그 자유 평등 그 문화 그 밖에 그 무수한 어마스런 권위의 명칭들이 먼후일 에덴 동산 같은 꽃밭사회를 이룩해놓을 그날까지 오직 너희들은 쓰레기로 자중해야하느

　그래서 지금도 너의 귓속엔
　　—이 새끼 또 밥 달라고 성화할 테냐 죽여버린다

—엄마 다시는 밥 안 달라께 살려줘, 고

　　저 가엾은 애걸과 발악의 비명들이 소리소리 울려 들리는
데도 거룩하게도 너는 詩랍시고 문학이랍시고 이따위를 태
연히 앉아 쓴다는 말인가

　　　　　　　　　—「그래서 너는 詩를 쓴다?」

　　여기서 우리는 두 행으로 이루어진 대화가 이 시의 리듬
을 분절시키고 있음을 느낀다. 흐름을 막아서 분절시키는
이 지점이 두 행이 이루는 두 박자로 되어 있음은 흥미로운
일이다. 말하자면 두 박자는 행진이고 걸음걸이라면 세 박
자는 노래인 셈이다. 이 두 박자에 의한 단절은 리듬에 있
어서도 현실감을 되살려주는 효과를 지닐 수 있을 것이다.
두 박자와 세 박자는 걸음걸이와 춤을 상징할 수 있다. 걸
음걸이는 행진과 행군의 이미지로 발전될 수 있고 춤은 노
래와 여유 있는 동작의 이미지로 나아갈 수 있다. 이 두 이
미지의 대립은 우리가 시를 읽으며 끊임없이 느끼게 되는
점이다. 청마의 시에서 우리는 두 박자의 구조를 간결하게
그리고 경제적으로 사용하고 있음을 쉽게 느낀다. 두 박자
를 향한 "소리 없는 향수", 그것이 청마의 마음이었던 것으
로 생각된다.

서정주: 행미의 치켜올림

　미당(未堂) 서정주(徐廷柱, 1915~2000)의 시를 읽으며
느끼는 리듬은 잔잔한 리듬이다. 그리고 그 잔잔한 리듬에
기교가 담겨져 있음을 느낀다. 그가 쓴 시행의 끝머리는 뱀
이 꼬리를 치켜들 듯 또는 기와집의 처마가 슬쩍 치켜올라
가듯 섬세한 곡선으로 올라가 있다. 교과서에 실려 널리 알
려진 「국화 옆에서」의 한 행을 읽어보자.

　　한 송이의 국화꽃을 피우기 위해

　「국화 옆에서」의 이 첫 행의 끝 단어인 "위해"는 보통은

"위해서"라든지 "위하여"로 3음절이다. 그런데 이것을 두 음절로 바꿈으로써 이 어미가 치켜올라가게 된다. 이런 치켜올라가는 꼬리를 우리는 그의 시에서 얼마든지 찾을 수 있다.

> 公主님 한창 당년 젊었을 때는
> 血氣로 請婚이사 나도 했네만
> 너무나 淸貧한 선비였던 건
> 그적에나 이적에나 잘 아시면서
>
> ─「석류개문(石榴開門)」

"때는" "했네만" "건" "아시면서" 등의 어미가 치켜올라가는 것은 그의 리듬의 한 전형이 된다. 이 치켜올림을 없애려면 어미를 조금만 수정하면 가능해진다.

> 公主님 한창 당년 젊었을 때에는
> 血氣로 請婚이사 나도 했었지마는
> 너무나 淸貧한 선비였던 것은
> 그적에나 이적에나 잘 알고 계시면서

이렇게 어미를 바꿔버리면 그 치켜오름은 없어지고 만다. 어미를 짧게 단축해서 끝음절에 힘을 주게 되고 그럼으로써 끝이 곡선을 이루며 그네 올라가듯, 치마가 바람에 날리듯 치켜올라간다. 그런 예를 다시 몇 개 더 들어보자.

우리 마을 진영이 아래 쟁기질 숨센

　　　　　　　　　—「진영이 아재 화상(畵像)」

黃土담 너머 돌개울이 타
罪있을 듯 보리 누른 더위

　　　　　　　　　　　—「맥하(麥夏)」

이런 그의 어미를 읽으면서 나는 만일 서정주가 「진달래」를 썼다면 그 첫 행이 이렇게 되었을 것이라고 생각해본다.

나보기가 역겨워 가시려 할 땐(또는 "가시려면")

"때에는"이 "할 땐"으로 바뀌면서 그 끝은 치켜올라가게 된다. 이 치켜올려진 곡선은 그가 시를 운용해나가는 중요한 리듬의 한 모티프가 된다. 이 치켜올림은 그 뒤에 흘러내림과 대조를 이루고 호흡을 이루게 된다. 흘러내림에 대

해서는 그의 시 전문을 논할 때로 미루고 우선 눈에 띄는
대로 치켜올림을 더 살펴보도록 하자.

　　이슬 머금은 샛빨간 동백꽃이
　　바람도 없는 어두운 밤중

　　　　　　　　　　　　　　　　　　　—「삼경(三更)」

　여기서 "동백꽃이"는 치켜올라가지 않고 있다. 만일 이것
을 치켜올리고 싶으면 "꽃이"의 "이"를 생략해서 다음과 같
이 적어야 할 것이다.

　　이슬 머금은 샛빨간 동백꽃

　그러나 둘째행의 끝 단어인 "밤중"은 "중"에 이르러 위로
올라가는데 이는 이 단어가 "밤중에"가 아님으로써, 즉
"에"가 생략되면서 일어난 일이다. 이와 같은 상승 곡선이
연속적으로 쓰이는 경우를 우리는 다음에서 볼 수 있다.

　　괜, 찬, 타……
　　괜, 찬, 타……

괜, 찬, 타……

괜, 찬, 타……

수부룩히 내려오는 눈발 속에서는 까투리 메추라기 새끼
들도 깃들이어오는 소리……

—「내리는 눈발 속에서는」

여기서는 "타" 음이 올라갈 수밖에 없다. 왜 그런가 하면
올리지 않고 가만두거나 내려서 발음하면 불편해지기 때문
이다. 그리고 "속에서는"의 "는"과 "깃들이어"의 "어", "소
리"의 "리" 모두가 약간 치켜올려주는 것이 읽기에 편하다.

그의 시 대부분이 시행의 끝머리를 올리는 방법을 사용하
고 있다. 이 끌어올림이 잘 어울리는 다음 시를 읽어보자.

국화꽃이 피었다가 사라진 자린
국화꽃 귀신이 생겨나 살고

싸리꽃이 피었다가 사라진 자린
싸리꽃 귀신이 생겨나 살고

사슴이 뛰놀다가 사라진 자린

사슴의 귀신이 생겨나 살고

영너머 할머니의 마을에 가면
할머니가 보시던 꽃 사라진 자리
할머니가 보시던 꽃 귀신들의 떼

꽃귀신이 생겨나서 살다 간 자린
꽃귀신의 귀신들이 또 나와 살고

사슴의 귀신들이 살다간 자린
그 귀신의 귀신들이 또 나와 살고.

                                    —「고조(古調) 2」

　이 시의 행 구조는 본질적으로는 7·5조의 구조이다. 그
런데 소월의 시에서나 그 외의 음수율을 기계적으로 지킨
7·5조에서는 5음절에 해당하는 부분을 둘로 나누어보았을
때 그 앞부분에 강세가 주어졌었다. 예를 들면

　우리집 뒷산에는 풀이푸르고　　　　　　　—「풀따기」

라든지 또는 우리가 앞서 소월의 시를 살피며 인용했던

그립다 말을할까 하니 그리워   —「가는 길」

에서 볼 수 있듯이 윗점을 찍은 강세를 받는 음절이 7·5의
5를 둘로 나누었을 때 그 앞부분에 속했었다. 그런데 미당
의 시에서는 그 악센트가 뒤로 옮기게 되고 더구나 그 뒷부
분에서도 끝음절로 옮겨지게 된다.

　이렇게 되면 7·5조가 3, 4, 5 또는 4, 3, 5의 구조를 가
졌었는데 이것이 3, 4, 3, 2 또는 4, 3, 3, 2로 5음절이 분
리됨으로써 다시 시조의 네 박자 구조를 연상케 한다.

　「고조 2」를 시조처럼 박자를 분리하고 다시 읽어보자.

　　국화꽃/피었다가/사라진/자린
　　국화꽃/귀신이/생겨나/살고

　이렇게 읽으면 이 행이 네 박자로 구성되었음을 인정할
수 있다. 뒷부분인 5음절이 둘로 분리되고 강세가 뒤에 주
어짐으로써 생긴 네 박자의 구조를 이룬다. 그리고 「고조

2」에서는 행이 두 개씩 모여 한 연을 이룬다. 이 연에 변화를 주기 위해 3행이 모인 연이 한 번 나타난다. 각 연이 두 행씩으로 되어 있기 때문에 그 행의 끝이 처음에는 치켜올려 읽히고 다음에는 치켜내려 읽히는 구조를 가진 것이 아닌가 하는 짐작을 하게 된다.

ㅡ. ㅡ. ㅡ. ㅡ́,
ㅡ. ㅡ. ㅡ. ㅡ̀.

위에 그린 표와 같이 첫 행에서는 네 박자의 끝이 올라가고 다음에는 네 박자의 끝이 내려가는 어조로 낭독이 될 것 같이도 생각되지만 실제로 읽어보면 그런 흐름은 생기지 않는다.

사슴이 뛰놀다가 사라진 자린
사슴의 귀신이 생겨나 살고

"자린"에서 치켜진 음세는 "살고"에서 반대가 되지 않고 조금 약화된 느낌을 준다. 리듬의 대조 역시 반드시 반대의 억양에 의해서만 이루어지는 것은 아니다. 행의 끝이 굴곡

을 가짐으로써 서로 대응을 이루어 형식을 성취하는 경우를
살피기 위해 먼저 「국화 옆에서」를 살펴보도록 하자.

　　한 송이 국화꽃을 피우기 위해／
　　봄부터 소쩍새는
　　그렇게 울었나 보다 —

　　한 송이의 국화꽃을 피우기 위해／
　　천둥은 먹구름 속에서
　　또 그렇게 울었나 보다 —

　　그립고 아쉬움에 가슴 조이던／
　　머언 먼 젊음의 뒤안길에서／
　　인제는 돌아와 거울 앞에 선／
　　내 누님같이 생긴 꽃이여 —

　　노오란 네 꽃잎이 피려고 —
　　간밤에 무서리가 저리 내리고 —
　　내게는 잠도 오지 않았나 보다／

첫 연과 둘째 연은 두 개의 큰 호흡으로 읽히는데 처음은 올라가고 이 연의 끝은 올라가지 않고 수평을 이룬다. 이와 같은 리듬이 두 번 반복된 다음, 셋째 연은 모두 4행으로 되어 있는데 세 개의 행은 끝이 올라가고 끝 행은 수평을 이룬다. 셋째 연의 이 변화는 당연히 다음 끝 연에 영향을 주고 있다. 끝 연의 세 행은 전부 수평의 여운을 지니고 있다. 만일 "피려고"를 "피고"로 바꾼다든지 "내리고"를 "내려"로 바꾼다면 이 어미는 치켜올려 읽을 수도 있게 된다. 그러나 작가는 이를 허용치 않기 위해 "피려고"와 "내리고"의 3음절을 사용하고 있다. 행의 끝머리를 들어 올려 낭독하는 것과 아닌 것을 이용하여 만든 이 구조는 우리에게 낭독의 즐거움을 주고 잔잔한 리듬의 움직임을 느끼게 해준다. 뿐만 아니라 그 변화가 형식을 만드는 데 도움을 주고 있다. 「국화 옆에서」의 행의 끝의 움직임을 보이면 다음과 같다.

1.

2.
```
······ ╱
······
······ ─
```

3.
```
······ ╱
······ ╱
······ ╱
······ ─
```

4.
```
······ ─
······ ─
······ ╱
```

　다음의 시는 연으로 구별되어 있지는 않으나 어미의 움직임이 역시 섬세함을 보여주는 좋은 예이다.

　　公主님 한창 당년 젊었을 때는／
　　血氣로 請婚이사 나도 했네만, ─
　　너무도 淸貧한 선비였던 건／
　　그적에나 이적에나 잘 아시면서 ─

어쩌자 가을 되어 문을 삐걱 여시나? ―

수두룩한 자네 딸, 잘 여무른 딸/

上客이나 두루 한번 가 보시라나? ―

건넛말 징검다리밖엔 없는 나더러/

무얼 타고 新行길을 따라가라나? ―

이 행 끝의 움직임을 표시하면 다음과 같다.

$$
\left\{
\begin{array}{l}
\cdots\cdots\; \diagup \\
\cdots\cdots\; -
\end{array}
\right.
$$

$$
\left\{
\begin{array}{l}
\cdots\cdots\; \diagup \\
\cdots\cdots\; - \\
\cdots\cdots\; -
\end{array}
\right.
$$

$$
\left\{
\begin{array}{l}
\cdots\cdots\; \diagup \\
\cdots\cdots\; -
\end{array}
\right.
$$

$$
\left\{
\begin{array}{l}
\cdots\cdots\; \diagup \\
\cdots\cdots\; -
\end{array}
\right.
$$

이 시에서는 2, 3, 2, 2행이 서로 묶여 단위를 이룬다. 그리고 그 묶음의 첫 행은 끝이 올라가게, 그리고 나마지 행은 끝이 수평을 이루게 낭독되는 듯하다. 그러나 각 묶음의 둘째 행들도 치켜올라가게 낭독될 수가 있다. 그렇기 때문에 각 행들이 치켜올려지고 내려지는 경향의 필연성이 약해 보인다. 바꾸어 말하면 낭독자가 낭독의 형식을 만들기 위해 스스로 선택해서 대조를 만들어야만 하게 되어 있다. 그래서 미당의 이러한 어미의 움직임은 완만한 대립, 즉 화목한 대립이라고 말할 수 있다.

앞서 미루었던 「고조 2」는 그래서 각 연의 행 말미가 대립을 이루지 않고 두 행 모두 치켜올라가고 있지만 그럼에도 불구하고 서로 대응하고 있다는 느낌을 우리에게 준다. 그것은 같은 단어가 반복됨으로써 더욱 그렇게 느껴지게 된다.

　　……자린
　　……살고

……자린

……살고

……자린

……살고

……가면

……자리

……떼

……자린

……살고

……자린

……살고

……자린

……살고

"자리"와 "살고"가 모두 치켜올려지는 어미임에도 불구하고 이 둘이 응답을 이루어 형식을 만들어나가는 방법이 말하자면 서정주의 리듬이고 그 묘미이다.

서정주의 리듬이 행 말미의 치켜올림과 강세에 의해서 조절되는 형식을 목표로 하고 있다는 이해를 배경으로 그의 시의 다른 변화를 살펴보기로 하자. 다음의 시는 「화사(花蛇)」의 첫 연이다.

麝香 薄荷의 뒤안길이다.
아름다운 배암…….
얼마나 커다란 슬픔으로 태어났기에
저리도 징그러운 몸뚱어리냐.

첫 행의 "사향 박하의 뒤안길이다"는 본질적으로는 7 · 5조의 박자이다. 그런데 "사향"이 두 음절의 변칙임으로 해서 조금 짧은 박자로 읽힐 가능성이 있다. "사향/박하의/뒤안길이다"가 동등한 길이의 세 박자로 읽히더라도, "사향"이 두 음절임으로 해서 짧게 읽힐 수 있다는 판단이 전제됨으로써 이 행의 박자 구조에 영향을 주게 된다. 그 영향은 이 경우 셋째 박에 악센트를 주게 되는 것으로 여겨진다. 뿐만 아니라 나만 그렇게 읽는지는 모르겠으나 "뒤안길이다"의 끝음절인 "다"가 강세를 갖고 음고를 높이게 된다. 간단히 말하자면 이렇게 읽게 되는 이유가 첫 박이 줄어든 박이 될 가능성을 가지고 있기 때문이다.

그런데 "뒤안길이다"는 "다"에 강세가 주어지기 위한 상응으로서 "안"에도 강세가 주어진다. 그래서 다음과 같이 읽힌다. 윗점을 찍은 음절에 강세가 들어간다.

뒤안길이다

"아름다운 배암……"에 작자가 점을 찍어 여운을 남긴 것은 자신의 수법을 알고 있음을 뜻한다. 서정주의 시에서는 "아름다운 배암." 하고 마침표로 막아버리면 "암"이 틀림없이 강세를 가지게 된다. "암" 뒤에 계속된 점을 찍음으로써 "암"을 약하게 발음하라고 우리에게 알려주는 것이며 자신이 보통 다루는 행 말미와는 다르다는 것을 말해주고 있다.

3행에 이르면 다시 첫 행에서 보였던 짧은 박자에 대한 인식이 있다. 다음의 3행을 같은 길이의 네 박자로 읽어보면 이것이 그렇게 읽혀서는 안 된다는 것을 느끼게 될 것이다.

얼마나 커다란 슬픔으로 태어났기에

"얼마나"는 "나"의 음절이 장모음이 아니게 발음됨으로써 약간 줄어든 박자의 느낌을 주게 되고 다음에 나오는 "커다란"에 강세가 주어지게 된다. 이렇게 읽을 때에는 "슬픔으로"는 강세를 가지지 않게 되고 다음의 "태어났기에"에 강세가 주어지게 된다. 즉 박자의 강세는 다음과 같이 된다.

$$\text{⅛} \quad \acute{\lor} \quad \text{⅛} \quad \acute{\smile}$$
$$(\lor)$$

셋째 박은 줄어든 박자의 느낌으로 낭독될 수도 있고 정상적인 길이의 박자로 낭독될 수도 있을 것이다. 그러나 2박과 4박에 강세가 들어가게 읽는 것이 보통인 것 같다. 그런데 이 3행은 조금 다르게 읽힐 수도 있다. 그것은 다음과 같이 표시될 수 있다.

$$\lor \quad \lor \quad \text{⅛} \quad \lor$$
$$(\text{또는} \ \lor \quad \quad \text{⅛} \quad \lor)$$

즉 셋째 박만 줄어든 느낌으로 낭독하고 나머지는 모두 정상적인 박자 길이에 넣어서 읽는 방법이다. 그러나 위의 두 가지 중 어느 쪽으로 읽든 "태어났기에"의 끝머리는 "～기에"에 상승세가 주어지는 것은 공통이다.

다음 4행은 문자 그대로 7·5조이다. "몸뚱아리냐"는 그 자체로만 보면 "냐"가 강세를 가지고 치켜올려지게 되지만 3행과의 상응을 생각하게 되면 오히려 3행의 행 말미의 강세에 대한 대답으로 느껴지게 그 강세가 약화된다. 이것은 1, 2행의 조화가 3, 4행에 영향을 주는 것이다. 1, 2행이 모여 보다 큰 단위를 이루고 3, 4행이 모여 보다 큰 단위를 이룬다고 하면 3, 4행의 행미의 대조는 리듬적인 변증법이다. 다시 말하면 4행의 행미는 올라가면서 안 올라가는 어미다. 이 시를 계속해서 읽어보도록 하자. 제2연은 다음과 같다.

    꽃대님 같다.
    너의 할아버지가/이브를 꼬여 내던/達辯의 혓바닥이
    소리 잃은 채/날름거리는/붉은 아가리로
    푸른 하늘이다./……물어뜯어라/원통히 물어뜯어.

"꽃대님 같다"는 첫 연의 "뒤안길이다"와 연결되는 리듬이다. 그래서 "같다"의 "다"는 긴 울림과 올라간 음 높이를 가지고 있다. 그리고 첫 연의 "……뒤안길이다"와 "꽃대님 같다"는 다음 연의 첫 행과 연결되어 있다. 여기서 우리는 이 시의 전문을 다 읽고 첫 두 연에 이어지는 다음 연들의 리듬에 대해서 이야기하자.

麝香 薄荷의/뒤안길이다.
아름다운/배암…….
얼마나/커다란/슬픔으로/태어났기에
저리도/징그러운/몸뚱어리냐.

꽃대님/같다.
너의 할아버지가/이브를 꼬여 내던/達辯의 혓바닥이
소리 잃은 채/날름거리는/붉은 아가리로
푸른 하늘이다./……물어뜯어라./원통히 물어뜯어.

달아나거라,/저놈의 대가리!
돌팔매를 쏘면서,/쏘면서,/麝香 芳草ㅅ길
저놈의/뒤를/따르는 것은

우리 할아버지의 아내가/이브라서/그러는 게 아니라

石油 먹은 듯……/石油 먹은 듯……/가쁜 숨결이야.

바늘에 꼬여/두를까부다./꽃대님보다도/아름다운
빛…….

클레오파트라의/피 먹은 양/붉게 타오르는

고운 입술이다…….../스며라, 배암!

우리 순네는/스물난 색시,/고양이같이 고운

입술……/스며라, 배암!

  1, 2, 3연의 첫 행은 서로 연관을 갖는데 이 리듬의 관계
는 한 행으로 이루어진 4연의 첫 부분과도 연관을 갖는다.
이 네 행을 모으면 다음과 같다.

  麝香 薄荷의/뒤안길이다.

     ⋮

  꽃대님/같다.

     ⋮

달아나거라,

　　　:

바늘에 꼬여 두를까부다.

　"달아나거라"는 "라"로 끝나는 명령형이지만 나머지 어미는 전부 "다"로 끝나는 종결형의 어미다. 그리고 "다"로 끝나는 문장은 이 시에서 한 번 더 나온다. 그러니까 앞의 예시한 구조는 "…다, …다, …라, …다"의 형식이다. 한 번 더 나타나는 "다"의 어미는 맨 끝의 대조되는 "고운 입술이다……. 스며라, 배암!"에서 볼 수 있다.

　이 시는 첫 연에서보다 둘째 연에서 한 박자 안에 들어가는 음절의 수가 늘어난다. 셋째 연도 둘째 연과 비슷하지만 리듬의 변화가 좀더 주어져 있다. 예를 들면 "돌팔매를 쏘면서,/쏘면서,/사향 방초ㅅ길"에서 볼 수 있는 적은 음절 수의 한 박자이다. 이 시의 박자는 2박자의 첫 행과 그 뒤를 잇는 3박자이다. 그리고 이 구조가 재미있게 얽히면서 종결을 잘 이루고 있다. 위에서 사선으로 표시한 박자를 형식 파악을 위해 정리하면 다음과 같다.

　첫 연에서는 두 박자 세 박자 네 박자 등이 보인다. 물론 3행의 "얼마나 커다란"을 한 박자로 치면 이 행은 네 박자가 아니고 세 박자가 된다. 둘째 연은 세 박자가 한 박자의 음절 수를 늘리며 진행된다. 셋째 연 역시 세 박자가 기조가 되어 앞서 설명했듯이 변화를 주고 있다. 다음에 남은 세 개의 연이 두 박자와 세 박자를 섬세히 섞으며 부드러운 종지를 이루고 있다. 정형을 갖춘 3연의 진행 뒤에 불규칙한 한 행의 연과 그 뒤를 잇는 두 행씩으로 된 두 연으로 부드럽게 종결짓고 있는 이 시의 형식의 완만한 부드러움은 퍽 아름다운 리듬이다.

전체의 형식적인 관점에서 보면 이 시는 그 끝머리가 치켜올라가 부드러운 곡선을 이루고 있는 리듬을 가지고 있다. 행 수를 표시하여 도표로 그리면 다음과 같다.

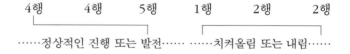

4행   4행   5행   1행   2행   2행

┗━━━━━━━━━━━━━━━━━━━┛   ┗━━━━━━━━━━━━━━━━━━┛

······정상적인 진행 또는 발전······ ······치켜올림 또는 내림······

위에서 표시한 후반부의 치켜올림이나 내림은 구별될 필요가 없다. 오르는 것이건 내리는 것이건 그것은 완만한 곡선을 뜻하기 때문에 문제 될 것이 없다. 이것은 이 시 전체의 형식이 그 끝이 휘어져 있는 것으로 느껴짐을 말하는 것이다. 나의 의견으로는 서정주 리듬은 "처마 곡선의 리듬"

이라고 말하고 싶다. 치켜오르는 곡선 그리고 대체로 그 곡선 끝에 풍경이 달려 있는 매듭 지음의 리듬이 서정주의 행에서 또 연에서 또 시 전체의 형식에서 느껴진다. 앞서 살핀 유치환의 리듬이 바람에 펄럭이는 리듬이라면 서정주는 처마 끝의 리듬이다. 우리는 영랑의 「모란이 피기까지는」을 읽으며 그가 서술한 모란 주위에는 바람이 불지 않음을 느낄 수 있었다. 그리고 소월의 시에서는 그의 목소리에 섞인 습기를 느끼고 또 그 축축한 봄의 온기를 느꼈듯이, 영랑의 시에서는 고요함 또는 적막함을 느낄 수 있었다. 그러나 미당의 리듬에서 우리는 그 처마 주위에 따뜻한 햇볕이 있고 사람이 모여 있지 않음을 느끼게 되는데, 그것은 그의 시의 리듬이 여성적인 섬세함의 특징을 지녔기 때문일 것이다.

김춘수: 리듬의 속도

　　김춘수(金春洙, 1922～2004)의 시를 읽으며 느끼는 것은
리듬의 어떤 전형을 찾을 수 없다는 점이다. 그는 자신의
시에서 어떤 리듬적인 모형을 만들고 싶어 하지 않는 듯이
보인다. 그것은 그의 시가 주지주의적인 경향을 지니고 그
의 시가 우리에게 주는 이미지가 철학적 해명에 관련되는
것이기 때문이기도 하다. 그의 시에는 박자의 억양이나 행
의 말미에 있어서 변화가 나타나지 않는다. 그래서 그의 리
듬은 사변적이고 사색적인 것이라고 할 수 있다. 그것은 관
념들이 서로 연관될 때 얻어지는 일종의 사고의 속도와 관
련된 것이기 때문이다. 이러한 속도가 그의 시에 나타나는

방법은 동어 반복이다. 낭독의 속도를 증가시켜주는 예를
다음에 제시한다.

山은 모른다고 한다.

물은

모른다 모른다고 한다. 　　　　　—「모른다고 한다」

내가 기다리고 있는 것을

내가 이처럼 너를 기다리고 있는 것을 —「모른다고 한다」

소금쟁이 같은 것, 물장군 같은 것,

거머리 같은 것,

개밥 순채 물달개비 같은 것에도

저마다 하나씩

슬픈 이야기가 있다 　　　　　　　—「늪」

돌멩이 같은 것 돌멩이 같은 것

돌멩이 같은 것은

폴 폴

먼지나 날리고 　　　　　　　—「길바닥」

이런 낭독의 속도에 대한 관심이 동어 반복으로 이루어지는 예를 우리는 그의 「처용(處容): 가을 저녁의 시」에서 많이 찾아볼 수 있다. 속도에 대한 이러한 관심은 그의 다른 여러 시에서도 많이 찾아볼 수가 있다. 그런데 이상의 시에서는 그 낭독의 속도가 어지러움과 관련됨으로써 멀미의 현상을 일으켰던 데에 반해 김춘수의 속도는 순간적으로 인식되는 풍경을 드러내기 위한 수단이 된다. 김주연에 의하면 그의 시는 "인식의 시"이고 "풍경 묘사가 작품 전체에 그대로 제공되어" 있는 시이다. 그는 주마등처럼 순간적으로 지나가는 풍경의 서술을 위해서 낭독의 속도를 원하고 그 속도에 의해서 그 풍경이 순간적 인식에 의해 쟁취된 것임을 알려준다.

이 점이 그의 시의 강점이고 매력이다. 그리고 많은 사변적 이미지가 얽혀 있음에도 불구하고 그의 시가 성공하는 이유가 바로 이 속도에 있는 것으로 보인다. 이 속도를 돕기 위해 그는 세 박자 또는 두 박자로 진행된 행 다음에 몇 음절 안 되는 한 박자의 행을 끼워 넣는 수법을 즐겨 쓰고 있다. 여기서 한 박자를 이야기하는 것은, 앞서 리듬 일반을 논의하면서 한 박자는 없다고 한 말과 모순된다고 지적

할 수 있을 것이다. 그 모순은 계층을 달리하면 해소된다.
김춘수가 행을 바꾸어 한 박자로 적었지만, 그 한 박은 한
단계 높은 계층으로 옮겨가면서, 보다 큰 자격으로 두 박
자, 또는 세 박자를 이루는 단위로 작용하게 된다.

내가/그의 이름을/불러주기 전에는/
그는 다만/
하나의/몸짓에/지나지 않았다/ ──「꽃」

발돋음하는/발돋음하는/너의 姿勢는/
왜 이렇게/
두 쪽으로/갈라져서/떨어져야 하는가/ ──「분수(噴水)」

산도/운다는/
푸른/달밤이면/
나는/
그들의/魂靈을 본다/ ──「늪」

바다가/왼종일
새앙쥐 같은/눈을 뜨고/있었다

이따금/
바람은/閑麗水道에서/불어오고　　—「처용단장 I 의 I」

三月에도/눈은 오고/있었다/
눈은/
라일락의/새순을/적시고/　　　—「처용단가 I 의 II」

　이외에도 이와 같은 두 음절 또는 셋 또는 네 음절의 중간
행을 얼마든지 찾을 수 있다. 그것은 이 행에서 호흡을 넣어
주기를 바라는 요망도 무시할 수 없겠지만 그것이 결코 긴
탄식을 암시하는 마냥 늘어진 박자는 아닌 것만은 분명하다.
　이와 같은 속도를 위한 한두 가지 계획을 제외하고 나면
그는 박자 수에 의한 어떤 운율적 질서를 만드는 데 구속되
어 있지 않다. 좋은 예로 그의 「타령조」를 하나 읽어보면
금방 그것을 느낄 수 있다.

　사랑이여,/너는/
　어둠의/변두리를/돌고 돌다가/
　새벽녘에사/
　그리운/그이의/

겨우/콧잔등이나/입언저리를/發見하고/

먼동이/틀 때까지/눈이 밝아 오다가/

눈이 밝아 오다가,/이른 아침에/

파이프나/입에 물고/

어슬렁/어슬렁/집을 나간/그이가/

밤,/子正이 넘도록/돌아오지 않는다면,/

어둠의 변두리를/돌고 돌다가/

먼동이 틀 때까지/사랑이여, 너는/

얼마만큼/달아서 病이 되는가,/

病이 되며는/

巫堂/불러다/굿을 하는가,/

넋이야/넋이로다/넋반에 담고/

打鼓冬冬/打鼓冬冬/구슬채쭉/휘두르며/

役鬼神하는가,/

아니면,/모가지에 칼을 쓴/春香이처럼/

머리칼/열발이나 풀어뜨리고/

저승의 山河나/바라보는가,/

사랑이여,/너는/

어둠의/변두리를/돌고 돌다가……/

이 비교적 긴 시를 읽으며 느끼는 리듬의 감각은 한 박자, 두 박자, 세 박자, 네 박자로 이루어진 행이 아무런 막힘이나 거침이 없이 출현한다는 점이다. 어떻게 보면 무작위적으로 그 박자들이 출현하는 듯한 느낌마저 받는다. 이를 뒷받침하는 증거로서 우리는 이 시에서 "이다" 또는 "하다" 등의 "다"로 끝나는 종결어미가 전무함을 들 수 있다. 이 종결어미의 결여는 분절의 거부를 뜻하는 것이다.

이렇게 박자의 수가 자유롭게 출현하는 것은 박자의 질서를 설정함으로써 시적 이미지의 움직임을 정적인 것으로 묶지 않으려고 하는 의도 때문일 것이다. 다시 말하면 그것은 속도인데 이 속도는 인식이나 관념의 이미지를 지닌 시가 자칫 화석화되듯 정적인 것이 되어서 시가 아닌 것으로의 추락을 막기 위함이다. 다음의 시는 그 쓰이는 어휘들이 꽤 서정적인 단어들이지만 이 시가 최종적으로 우리에게 알려주고 있는 그 무엇은 존재의 정기나 혼령과 같은 것이라고 나는 생각한다. 그렇게 때문에, 즉 그 최종의 이미지가 지극히 관념적인 것이기 때문에 그는 이 시의 낭독의 속도를 증가시키기 위해 많은 방법을 쓰고 있다.

너도 아니고 그도 아니고, 아무것도 아니고 아무것도 아니라는데…… 꽃인 듯 눈물인 듯 어쩌면 이야기인 듯 누가 그런 얼굴을 하고 간다 지나간다. 환한 햇빛 속을 손을 흔들며……

아무것도 아니고 아무것도 아니고 아무것도 아니라는데, 왼통 풀냄새를 늘어 놓고 복사꽃을 울려 놓고 복사꽃을 울려 놓고 복사꽃을 울려만 놓고…… 환한 햇빛 속을 꽃인 듯, 눈물인 듯, 어쩌면 이야기인 듯 누가 그런 얼굴을 하고……

—「서풍부(西風賦)」

이 시를 읽으면 그 어지러울 정도의 속도 때문에 정말 어떤 존재의 혼령이 내 앞을 지나가는 것을 느끼게 된다. 속도를 위한 동어 반복이라든지 박자의 구분 등에 대해 상세히 이야기할 필요가 없으리라. 그것은 이미 이루어진 성과를 설명하기 위한 도로에 불과하기 때문이다. 앞서도 김춘수의 리듬의 속도를 이상의 리듬의 속도와 비교해 말했었다. 그러나 「서풍부」에 이르러 우리는 이 시의 속도가 긍정적인 속도임을 알게 된다. 이상에서는 그 속도가 부정적 측면을 강하게 지녔지만 김춘수에 이르러서는 그 속도가 목적을 가지고 있는 시적 이미지와 상호 보완을 하고 있다.

그러나 김춘수의 시에서 그러한 속도감과는 관계가 없이

존재론적인 관심을 드러내는 시를 찾을 수 있다.

I

발돋움하는 발돋움하는 너의 姿勢는

왜 이렇게

두 쪽으로 갈라져서 떨어져야 하는가.

그리움으로 하여

왜 너는 이렇게

산산이 부서져서 흩어져야 하는가.

II

모든 것을 바치고도

왜 나중에는

이 찢어지는 아픔만을

가져야 하는가.

네가 네 스스로 보내는

離別의

이 안타까운 눈짓만을 가져야 하는가.

III

왜 너는
다른 것이 되어서는 안 되는가

떨어져서 부서진 무수한 네가
왜 이런 선연한 무지개로
다시 솟아야만 하는가.

—「분수(噴水)」

　이 시는 각 연이 하나의 문장으로 되어 있고 각 연의 맨
끝이 "하는가"라는 질문형의 어미로 끝막고 있다. 이 어미
는 III에 이르러 "안 되는가"로 한 번 바뀐다. 이것 외에는
이 시에서 박자적 자유의 구속이 크게 눈에 띄지 않는다.
물론 각 연의 둘째 행이 한 박자에 넣어서 읽히게 되어 있
고 그것이 III의 첫 연에 이르러서는 첫 행으로 옮겨지고 그
둘째 연에서는 그것이 사라지고 있다. 이 두 요소를 관계
지어 추상적이기는 하지만 도식화하면 다음과 같이 된다.

　I
　………

∨

‥‥‥‥ 하는가.

‥‥‥‥

∨

‥‥‥‥ 하는가.

　II

‥‥‥‥

∨

‥‥‥‥

‥‥‥‥ 하는가.

‥‥‥‥

∨

‥‥‥‥ 하는가.

　III

∨

‥‥‥‥ 안 되는가.

·········
·········
········· 하는가.

　이러한 관계는 특별한 형식감을 주는 것은 아니지만 종결
어미의 통일성과 더불어 우리에게 어떤 형식적 안정감을 주
는 데 기여한다. 종결어미에 대한 관심과 그 어미의 동일성
에 의해 성취되는 형식감을 우리는 「나목(裸木)과 시(詩)」
전편에서 찾을 수 있다.

　　겨울하늘은 어떤 不可思議의 깊이에로 사라져가고,
　　있는 듯 없는 듯 無限은
　　茂盛하던 잎과 열매를 떨어뜨리고
　　無花果나무를 裸體로 서게 하였는데,
　　그 銳敏한 가지 끝에
　　닿을 듯 닿을 듯하는 것이
　　詩일까,
　　言語는 말을 잃고
　　잠자는 瞬間,

無限은 微笑하며 오는데

茂盛하던 잎과 열매는 歷史의 事件으로 떨어져가고,

그 銳敏한 가지 끝에

明滅하는 그것이

詩일까,

──「나목과 시, 서시」

「나목과 시, 서시」는 두 개의 종결어미로 되어 있다. 둘
다 "詩일까"이다. 첫번째의 "詩일까"가 앞에 거느리고 있는
문장은 다음과 같이 요약된다.

……하늘은 ……사라져가고

……無限은 ……떨어뜨리고

……나무를 ……서게 하였는데

……가지 끝에 ……닿을 듯하는 것이

詩일까.

이렇게 요약될 수 있다. 이 문장은 결국 "가지 끝에 닿을
듯하는 것이 詩일까"로 정리된다. 두번째 문장은 다음과 같
이 요약된다.

言語는 ……잃고

無限은 ……오는데

……열매는 ……떨어져가고

……가지 끝에 明滅하는 그것이

詩일까.

로 요약된다. 이 문장은 "가지 끝에 명멸하는 그것이 시일까"로 정리된다. 두 개의 문장은 그 구문적 구조로 보아 어느 정도 시퀀스를 이루고 있다. "詩일까" 하는 어미를 선택한 것은 단언적 정의를 내리기를 피하기 위함이고 모든 어미를 비종지적 어미, 즉 여운이 있는 어미로 만들고 싶었기 때문일 것이다. 이 시는 산문과 운문의 경계를 이루는 지점에 있다고 할 것이다. 여러 가지 상응 관계가 있기는 하지만 만일 "詩일까"의 일치가 없다면 그것이 운문이라고 말하기 어려워질 것이다. 다음에 인용한 「나목과 시」역시 앞서의 시와 비슷한 구조를 가지고 있다.

I

詩를 孕胎한 言語는

피었다 지는 꽃들의 뜻을
든든한 大地처럼
제 품에 그대로 안을 수가 있을까,
詩를 孕胎한 言語는
겨울의
설레이는 가지 끝에
설레이며 있는 것이 아닐까,
一陣의 바람에도 敏感한 觸手를
눈 없고 귀 없는 無邊으로 뻗으며
설레이는 가지 끝에
설레이며 있는 것이 아닐까.

II

이름도 없이 나를 여기다 보내놓고
나에게 言語를 주신
母國語로 불러도 싸늘한 語感의
하나님,
제일 危險한 곳
이 설레이는 가지 위에 나는 있읍니다.
무슨 層階의

여기는 上의 끝입니까,
위를 보아도 아래를 보아도
발부리가 떨리는 것입니다.
母國語로 불러도 싸늘한 語感의
하나님,
安定이라는 말이 가지는
그 微妙하게 설레이는 意味 말고는
나에게 安定은 없는 것입니까,

III

엷은 햇살의
외로운 가지 끝에
言語는 제만 혼자 남았다.
言語는 제 손바닥에
많은 것들의 무게를 느끼는 것이다.
그것은 몸 저리는
喜悅이라 할까, 슬픔이라 할까,
어떤 것들은 환한 얼굴로
언제까지나 웃고 있는데
어떤 것들은 서운한 몸짓으로

떨어져 간다.
―그것들은 꽃일까,
외로운 가지 끝에
혼자 남은 言語는
많은 것들이 두고 간
그 무게의 明暗을
喜悅이라 할까, 슬픔이라 할까,
이제는 제 손바닥에 느끼는 것이다.

                    IV

새야,
그런 危險한 곳에서도
너는
잠시 자불음에 겨운 눈을 붙인다.
三月에는 햇살도
네 등덜미에서 졸고 있다.
너희들처럼
詩도
잠시 자불음에 겨운 눈을 붙인다.
非夢 似夢間에

詩는 우리가

한동안 씹어삼킨 果實들의 酸味를

美酒로 빚어 靈魂을 적신다.

詩는 解脫이라서

心像의 가장 은은한 가지 끝에

빛나는 金屬性의 音響과 같은

音響을 들으며

잠시 자불음에 겨운 눈을 붙인다.

이 시는 I〜IV에 이르기까지 종결어미의 변화를 겪고 있
다. 요약해 적으면 다음과 같다.

I

……한 言語는 ……수가 있을까.

……한 言語는 ……것이 아닐까.

　　　　　　　……것이 아닐까.

II

……………………나는 있읍니다.

…………끝입니까.

············것입니다.

············安定은 없는 것입니까.

III

······言語는 ······남았다.

······言語는 ······느끼는 것이다.

그것은······슬픔이라 할까.

······어떤 것들은 ······떨어져간다.

그것들은 꽃일까,

······言語는 ······이라 할까, ······이라 할까.

·····················느끼는 것이다.

IV

······너는 ······눈을 붙인다.

······햇살도 ······졸고 있다.

······詩도 ······눈을 붙인다.

······詩는 ······적신다.

詩는·········눈을 붙인다.

이 시는 "할까"라는 질문형의 어미와 "한다"라는 단정의 어미가 조화를 이루며 구성되어 있다. 지나치게 추상적이기는 하지만 주어와 술어만을 정리한 위의 구조 정리에서 우리는 이 시의 주어가 "言語"와 "나"와 "詩"와 "너"라는 것을 알게 된다. "언어가 어떠어떠하고······詩가 어떠하고······또 나와 너가 어떠하다"는 규명은 이미 철학적인 냄새를 이 시가 띠지 않을 수 없음을 알리는 것이다.

이 시의 이미지는 언어와 시와 나와 너의 존재가 나뭇가지 끝의 꽃과 연결됨으로써 이루어지고 있다. 김춘수의 존재는 꽃 자체가 아니라 꽃 주위의 공기에 그 바탕을 가지고 있다. 그래서 그의 꽃은 항상 떨어지고 졸고 설레며 적시며 있는 것이다. 말하자면 꽃은 꽃으로 존재하는 것이 아니고 꽃의 영혼으로 존재하는 것이다.

그런데 앞서의 「분수」와 비교해보면 이 시에는 관념적인 용어가 서슴없이 나타나고 있다. 이는 그가 시를 통해 자신의 사상을 과감하게 설명하겠다는 의욕이 포함되었기 때문이기도 하지만 한편 시가 생경해질 위험을 무릅써야 하는 일이기도 한 것이다.

나의 시 감각으로는 김춘수의 시에서 관념적인 용어가 덜나타나면서 존재론적 해명에 관심을 보이는 시를 더 평가하고 싶다. 관념적 어휘가 직접 나타나는 시들과 그렇지 않은 시들의 연대기적 관계가 어떠한지 궁금한 일이기는 하지만 그것은 우리의 논의에서는 중요하지 않은 일인 것으로 보인다. 그 이유는 그것이 시의 변화를 이루는 일은 되겠지만 반드시 리듬의 변화를 보여주는 일이라고는 말하기 어렵기 때문일 것이다.

어쨌건 그의 리듬은 정형이 없다. 정형이 없음은 리듬을 만들지 못해서, 즉 성취할 수 없었기 때문에 없는 것이 아니고 정형을 피하고 또는 거부함으로써 없는 것이라고 한다면 그가 말하는 "무의미의 의미"처럼 무리듬의 리듬이라는 역설적 표현이 그의 시에 적용될지도 모를 일이다. 그의 시가 빠른 속도의 낭독을 요구하는 것은 모든 철학적 언명이 그에게 있어서 재빨리 인식되었음을 암시하는 것이고 그것을 느린 속도로 이야기하는 일이 부끄러운 일임을 본능적으로 알고 있는 겸손에 기인하는 것이다. 철학적 언명이 평범한 이야기를 보편적이고 추상적인 언어로 표현하는 것이라고 할 때에, 그런 것을 시로 쓰는 것은 시인에게는 좀 거북한 일일 것이다. 그 거북함을 피하는 여러 가지 방법이 있을 것이다. 낭독의 빠른 속도를 이용하는 것도 그 어색함을 없애는 하나의 방법일 것이다.

김수영: 정직함의 리듬

김수영(金洙暎, 1921~1968)의 시는 전부가 그런 것은 아니지만 리듬과 싸운 흔적이 있는 시들이다. 그의 산문을 읽어보면 퍽 미끄럽게 읽히는데 그 이유는 그가 글의 리듬을 판단하고 리듬의 호흡을 느끼는 본능적인 감각을 가진 때문인 것으로 보인다. 절제와 세련을 지니고 있으면서도 그가 시를 씀에 있어서 리듬의 문제에 고통을 감수하며 도전했기 때문에 더욱 값진 결과를 가져온 것 같다. 우리는 산문에서도 잘 읽히는 산문과 그렇지 않은 산문을 발견한다. 그러나 때로는 너무 잘 읽히기 때문에, 즉 너무 박자가 잘 맞기 때문에 혐오를 느끼는 산문도 발견하게 된다. 그것은 리듬에 대한 자신감에서 오는 가벼움과 리듬 안으로 빠져들어 헤어나지 못하는 함몰 때문에 느껴지는 감정이다. 이것은 근본적으로는 속된 것에 대한 혐오감이다. 지나친 매끄러움과 소박한 껄끄러움 사이의 이 조화는 지적인 능력만으로 이루어지는 것은 아니다. 아마 생활에 있어서의 정직이라든지 성실이 예술적 형식에 작용하게 되는 점이 이 지점이 아닌지 모르겠다.

모든 서툶은 진실과 관계를 갖는 듯이 보이는데 이것은 특히 형식을 만들어갈 때 섬세하게 드러나는 것이다. 이 서툶은 형식을 파괴하여 형식에 직접 나타나는 것이 아니고 그 형식을 판단하는 기준으로서 뒤에 숨어 있어야 하는 것이다. 그리고 그 숨음조차도 자연스러워야 하는 것이다. 다음의 시는 퍽 매끄러운 형식감을 가지고 있다. 그러나 무엇 때문인지 우리는 그 매끄러움에 별로 혐오를 느끼지 않는다.

먼 곳으로부터
먼 곳으로
다시 몸이 아프다

조용한 봄에서부터

조용한 봄으로

다시 내 몸이 아프다

여자에게서부터

여자에게로

능금꽃으로부터

능금꽃으로……

나도 모르는 사이에

내 몸이 아프다

—「먼 곳에서부터」

위의 시는 다음과 같은 형식을 가지고 있다.

……에서부터 ……으로 ……아프다

……에서부터 ……으로 ……아프다

……에게서부터 ……에게로

……으로부터 ……으로

……사이에 ……아프다

　이 어미들을 기호화하면 다음과 같이 표시된다. 그리고
이렇게 표시하고 보면 그 형식이 상당히 간결하면서도 음악
적인 논리를 가지고 있음을 알게 된다.

　　—a—b—c
　　—a—b—c
　　—a—b
　　—a—b
　　—d—c

　이와 같은 반복과 대조는 리듬의 입장에서 보자면 지극히
온당한 형식이 된다. 그런데 중요한 것은 이 반복이 드러나
부자연스럽게 느껴지지가 않는 것이 이 시가 성공하는 이유
이다. 첫 두 연의 반복에는 두번째 연에 이르러 "내 몸"이
라는 "내"자 하나가 첨가되어 있는데 이 "내"는 앞서의
"몸"이, 즉 첫 연에서 그 말이 악센트를 받아 강세를 띠었
기 때문에 그 수정은 평범한 첨가를 넘어선 재미를 갖는다.
그리고 첫 연에서의 "먼 곳"이 "조용한 봄"으로 이미지가

전환되고 다시 이것이 다음 연에 이르러 "여자"로 이미지가
전환됨으로써 그 전환의 놀라움이 형식의 계획을 알아차릴
여유를 주지 않는다. 이 "여자"가 다시 "능금꽃"이라는 이
미지, 다시 말해 "조용한 봄에" 피는 꽃으로 옮겨감으로써
우리는 이 유치하게 될 뻔한 반복을 눈치채고는 비평하지
않고 다음의 종결 연으로 넘어간다. 이 시에서는 단순한 구
조의 반복과 이미지의 기대하지 않았던 전환이 상호 보충
작용을 하여 조화를 이루고 있다. 다음, 그의 시 「눈」을 읽
어보자.

> 눈은 살아 있다
> 떨어진 눈은 살아 있다
> 마당 위에 떨어진 눈은 살아 있다
>
> 기침을 하자
> 젊은 詩人이여 기침을 하자
>
> 눈 위에 대고 기침을 하자
> 눈더러 보라고 마음놓고 마음놓고
> 기침을 하자

눈은 살아 있다
죽음을 잊어버린 靈魂과 肉體를 위하여
눈은 새벽이 지나도록 살아 있다

기침을 하자
젊은 詩人이여 기침을 하자
눈을 바라보며
밤새도록 고인 가슴의 가래라도
마음껏 뱉자

이 시는 네 개의 연으로 되어 있는데 이 네 개의 연의 첫 행들이 사슬을 이루고 있다.

눈은 살아 있다… 기침을 하자… 눈은 살아 있다… 기침을 하자…

이 시작 행들의 사슬은 a b a b로 표시될 수 있는데, 이 것을 시적으로 옳게 얽어놓은 것이 말하자면 이 시가 성취하고 있는 점이다. 첫 연에서 "눈은 살아 있다"는 그 앞에

"떨어진"이란 말이 붙고 다시 장소가 얹혀짐으로써 종결어미를 맞추어나갔던 앞서 살핀 것과 같은 모습을 지니게 된다. 다음 연의 "기침을 하자"도 역시 "누가"라는 규명이 얹히고 다시 "어디에"라는 장소가 얹히는데 이때 첫 연의 장소가 옮겨 옴으로써, 즉 "눈 위에"를 밝힘으로써 "눈은 살아 있다"와 "기침을 하자"가 만나기 시작한다.

다음 연은 "죽음을 잊어버린 영혼과 육체를 위하여"라고 눈이 살아 있는 이유를 밝힘으로써 갑자기 죽음을 잊어버리지 않고 있는 사람이 있음을 암시하고, 그것이 곧 시인임을 느끼게 된다. 그리하여 눈이 살아 있는 이유를 밝히게 되고 살아 있는 눈이 바로 시인과 일치되는 것 같은 인상을 받는다. 그러나 이러한 일치는 다시 분리되어 넷째 연에 이르면 "눈을 바라보며" 기침을 하자고 말함으로써 눈은 다시 이상적인 것으로 분리돼나간다.

이와 같은 내용이나 이미지에 관한 한 나는 아마추어이므로 그 서툶을 자인하지만 그러나 이를 구태여 용기를 내어 서술하는 것은 그것이 리듬의 형식을 설명하는 데에 불가결하기 때문이다. 어쨌든 이 시는 "눈은 살아 있다"와 "기침을 하자"를 사슬의 형식으로 꿰뚫어 의미의 전환을 성취함으로써 형식을 생기 있게 만들고 있다. 그가 시의 운율과 그 내용을 어떻게 하면 재미있게 결합시킬 것인가 애쓴 경우를 우리는 다시 「꽃잎·1」에서 볼 수 있다.

누구한테 머리를 숙일까
사람이 아닌 평범한 것에
많이는 아니고 조금
벼를 터는 마당에는 바람도 안 부는데
옥수수잎이 흔들리듯 그렇게 조금

바람의 고개는 자기가 일어서는 줄
모르고 자기가 가닿는 언덕을
모르고 거룩한 산에 가닿기
전에는 즐거움을 모르고 조금
안 즐거움이 꽃으로 되어도
그저 조금 꺼졌다 깨어나고

언뜻 보기엔 임종의 생명같고
바위를 뭉개고 떨어져내릴
한 잎의 꽃잎같고
革命같고

먼저 떨어져내린 큰 바위같고
나중에 떨어진 작은 꽃잎같고

나중에 떨어져내린 작은 꽃잎같고

이 시에서 우리의 관심을 끄는 것은 둘째 연이다. 이 둘째 연은 우선 읽어 내려가기가 대단히 거북살스럽다. 자연스러운 읽힘을 위해서는 둘째 행과 셋째 행의 "모르고"는 앞 행의 끝으로 가야 되고 4행의 "전에는"도 역시 앞의 행 끝으로 가야 한다. 그리고 4행 끝의 "조금"은 다음 행 앞으로 와야 된다. 그렇게 되면 다음과 같이 읽힐 것이다.

바람의 고개는 자기가 일어서는 줄 모르고
자기가 가닿는 언덕을 모르고
거룩한 산에 가닿기 전에는
즐거움을 모르고
조금 안 즐거움이 꽃으로 되어도
그저 조금 꺼졌다 깨어나고

이 연을 위와 같이 자연스러운 의미 관계에 의해 행을 만들지 않고 뒤죽박죽을 만든 데에는 다음의 두 가지 이유가 있다. 첫째는 이 거북살스러운 불편한 읽힘 때문에 그다음 연이 낭독의 속도를 얻게 되고, 이 연의 의미 파악의 어려움과는 반대로 다음 연의 의미 파악이 쉬워짐으로써 그다음 연의 의미들이 빛나게 두드러진다는 점이다. 그리고 이 신선한 의미의 명료함을 위해서 "革命같고"까지의 문장의 간결함의 증가를 살펴보면, 그리고 그 뒤의 두 행의 긴 흐름을 보면 이 효과를 시인이 얼마나 노리고 있었나를 인정할 것이다. 두번째 이유는 이와 같은 행의 부자연스러운 처리(enjambement, 聯句) 때문에 일어나는 새로운 이미지와, 두 이미지 또는 두 의미의 겹침이 일어나는 것을 겨냥한 것 같다. "모르고 자기가 가닿는 언덕을"은 앞 행과 분리되어 있음으로써 "모르고"의 의미의 작용이 달라진다. "모르고 거룩한 산에 가닿기"도 마찬가지로 다른 의미를 수반한다. 더구나 "전에는 즐거움을 모르고 조금"과 "안 즐거움이 꽃으로 되어도"는 "지금은 즐거움을 아는가?"와 "모르는 즐거움이 또 있는가?"라는 강한 반대 의미를 연상시켜 이미지의 혼란과 자아에 대한 반성을 들춰냄으로써 더욱더 이 부분을 읽어나가기에 거북함을 느끼게 한다. 이 연의 거북하게 읽힘과 이 연의 행 안에서 발생하는 복합적인 이미지의 발생이 말하자면 그가 의도한 것이다. 둘째 연은 띄어쓰기가 보여주는 바대로 네 박자의 진행으로 되어 있음에 비해 다음 연은 박자가 4·3·2·1로 줄었다가 다시 4·4의 모습을 갖는다.

언뜻/보기엔/임종의/생명같고

바위를/뭉개고/떨어져내릴

한 잎의/꽃잎같고

혁명같고/

먼저/떨어져내린/큰/바위같고

나중에/떨어진/작은/꽃잎같고

이 박자는 "한 잎의"의 경우를 제외하고는 전부 띄어쓰기 대로 나타나 있다. 이렇게 내부 박자를 검토하고 보면 첫 연은 3·4·3·4·3의 3박과 4박의 교대임을 알 수 있다. "벼를 터는"과 "안 부는데"만 붙여 읽으면 다른 곳은 모두 띄어쓰기로 그 박자가 나타난다.

김수영이 시의 형식 자체를 리듬의 반복성으로써 구성하기 위한 시도와 그 시도의 성공을 우리는 그의 「꽃잎·2」에서 볼 수 있다.

꽃을 주세요 우리의 苦惱를 위해서
꽃을 주세요 뜻밖의 일을 위해서
꽃을 주세요 아까와는 다른 시간을 위해서

노란 꽃을 주세요 금이 간 꽃을
노란 꽃을 주세요 하얘져 가는 꽃을
노란 꽃을 주세요 넓어져 가는 소란을

노란 꽃을 받으세요 원수를 지우기 위해서
노란 꽃을 받으세요 우리가 아닌 것을 위해서
노란 꽃을 받으세요 거룩한 偶然을 위해서

꽃을 찾기 전의 것을 잊어버리세요
　　　　꽃의 글자가 비뚤어지지 않게
꽃을 찾기 전의 것을 잊어버리세요
　　　　꽃의 소음이 바로 들어오게
꽃을 찾기 전의 것을 잊어버리세요
　　　　꽃의 글자가 다시 비뚤어지게

내 말을 믿으세요 노란 꽃을

못 보는 글자를 믿으세요 노란 꽃을

떨리는 글자를 믿으세요 노란 꽃을

영원히 떨리면서 빼먹은 모든 꽃잎을 믿으세요

보기싫은 노란 꽃을

이 시의 리듬은 주술적이다. 그 주술적임을 알기 위해 반복되는 문구를 적어보면 된다.

꽃을 주세요 ……를 위해서

〃

〃

노란 꽃을 주세요 ……(한) 꽃을

〃

〃

노란 꽃을 받으세요 ……(하기) 위해서

〃

〃

꽃을 찾기 전의 것을 잊어버리세요 꽃의 ……가 ……(하)게

〃

〃

……를 믿으세요 노란 꽃을

〃

〃

……(한) 모든 꽃잎을 믿으세요 보기 싫은 노란 꽃을

이 반복에 나오는 명사는 "꽃"이고 형용사는 "노란"이고 동사는 "주세요, 받으세요, 잊어버리세요, 믿으세요"이다. 이들 단어의 반복 출현 구조 사이에, 바뀐 이미지가 중첩되는 것이 이 시의 구조다. 그렇게 중첩시킴으로서 "꽃"이 무엇을 뜻하고 있는지 우리에게 생각하게 한다. 이 바뀌어가는 이미지는 다음과 같이 도표로 표시될 수 있다.

우리의 고뇌…	금이 간…	원수를 지우기 위해…	글자
뜻밖의 일…	하얘져가는…	우리가 아닌 것…	소음
아까와는 다른 일…	넓어져가는…	거룩한 우연…	글자

이 변화되는 이미지의 도표를 다시 설명하면 다음과 같다. 첫 연은 "우리의 고뇌와 뜻밖의 일과 아까와는 다른 시간을 위해서" 꽃을 달라고 한다. 그리고 이러한 내용이 "꽃을 주세요"를 앞에 내세우고 "위해서"로 뒤를 막음으로써 형식적 반복을 이루어나간다. 다음 연은 "노란 꽃을 주세요"로 앞이 바뀌어 3박이 되고 뒤의 "금이 간 꽃을"의 후반이 2박으로 바뀐다. 그리고 앞 연의 "꽃을 주세요"라는 말이 반복되고 있음으로 해서 또 후반이 다시 "어떠어떠한 꽃을"이라는 앞의 목적어가 되풀이됨으로써 우리는 리듬의 반복에 의해 생기는 최면적인 상태에 들어서게 되고 그렇게 됨으로써 "금이 간"이란 엉뚱한 수식어가 "꽃"에 달라붙는 어색한 사실을 감지하지 못하고 지나간다. 뿐만 아니라 "하얘져 가는 꽃을"을 지난 다음에는 "소란"이 꽃의 자리를 밀치고 들어서지만 우리는 역시 이 놀라운 단어의 출현을 마비되어 있는 상태에서 받아들인다. 그리고 이 "소란"의 첫 모음이 "오"임으로 해서 "꽃"과, "노란"의 첫 모음과 일치됨으로 해서 얻어지는 리듬 효과에 의해 감추어진다. 여기까지 우리가 얻은 이미지의 전환은 꽃에서 소란으로의 움직임이고 꽃이 소란을 뜻하고 있지만 우리는 그것을 알아차리지 못하고 지나가고 있는 셈이다. 셋째 연은 첫 연의 구조가 반복된다. "꽃을 주세요"는 "노란 꽃을 받으세요"로 바뀌고 "우리의 고뇌"는 "원수를 지우기(없애기)"로 바뀌고 "뜻밖의 일"은 "우리가 아닌 것으로" 설명이 되고 "아까와는 다른 시간"은 "거룩한 우연"으로 의미가 풀이된다. 무엇을 이야기하려는 것일까. 그것은 꽃을 받은 다음에 일어나는 상태를 설명하는 것이다. 그리고 꽃은 소란이다. 따라서 소란스럽고 난 다음, 또는 소란을 듣고 난 다음이 설명되고 있는 셈이다. 박자로 보자면 이 연은 "노란 꽃을 받으세요"가 3박자이고 "원수를 지우기 위해서"가 3박자이다.

셋째 연을 보자. "꽃을 찾기 전의 것을 잊어버려"라고 우리에게 이른다. 그리고 "꽃의 글자"라는 말이 나옴으로써 꽃은 글자를 상징했음이 드러나고 "꽃의 소음"이 다시 출현함으로써 꽃이 "소리"를 상징했음이 밝혀진다. "글자와 소리", 그것이 무엇을 뜻할까. 아마 시가 아닌가 생각된다. 이 풀려나가는 비밀은 넷째 연에 가서 뚜렷해진다. "내 말을 믿으세요 노란 꽃을"이라고 말하고 있는데 이 행은 둘째 연의 "노란 꽃을 주세요 금이 간 꽃을"이라고 말했을 때의 목적어의 반복을 연상시킴으로써 "내 말"과 "노란 꽃"이 같은 뜻임을 드러내게 된다. 다음 행에서 "글자"와 "노란 꽃"

이 동일한 말임을 보여주고 다시 "떨리는 글자", 즉 시가 "노란 꽃"임을 명백히 보여준다.

다섯째 연은 둘째 연과 리듬 구조가 같다. 즉 첫 연과 셋째 연이 구조가 같고 2와 5연이 같다. 넷째 연은 그 사이에 삽입되어 있고, 이 넷째 연의 리듬은 앞서의 모든 행이 두 부분으로 나뉘어 다음과 같은 박자 구조를 가지고 있었음에 대한 시원스러운 확대이다. 다섯 연의 내부 박자를 보면 다음과 같다.

〔1연〕 2박 3박
〔2연〕 3박 2박
〔3연〕 3박 3박
〔4연〕 1박 1박(큰 2박)
〔5연〕 2박 1박(큰 2박)
〔6연〕 1박 1박(큰 2박)

위의 표로 보인 행의 내부 박자를 설명하자. 첫 연의 2박 3박이 세 번 반복되고 그것이 뒤집혀 3박 2박이 둘째 연에서 반복된 다음, 셋째 연은 3박 3박을 보인다. 다음 넷째 연은 이 양분 구조를 내부 박자가 불명확하게 처리됨으로써 큰 두 박의 시원스러운 큰 리듬을 의식케 해준다. 즉, 양분 구조의 확인이라고나 할 수 있을 것이다. 다섯째 연은 2박 1박으로 나타난다. 이것은 앞 연의 리듬의 힘을 입어 2박으로 읽힐 가능성을 갖는다. 끝 연은 리듬의 호흡으로 보면 넷째 연과 같은 것이다. 다시 말하면 시원스러운 2박이다. 그러나 그 의미는 다섯째 연에서 흘러나온 것이다. "떨리는 글자"가 "노란 꽃"으로 바뀐 변화를 계속 살펴야 할 것이다. 마지막 연을 보면 "빼먹은 모든 꽃잎을 믿으"라고 이야기한다. 다섯째 연의 "내 말"이 "못 보는 글자"로 바뀌어서 "떨리는 글자"로 옮겨왔는데 이제 그것은 "빼먹은 글자"로 바뀌어진다. 즉 쓰지 못한 말, 아니면 쓰일 수 없는 말, 또는 시의 행과 행 사이의 빈 곳을 읽어달라는 부탁으로 바뀐 것이다. 지금까지 설명했던 꽃잎은 눈에 보이지 않게 된 것이고, 시는 다시 없어져버림으로써 나타난 시는 소란이고 소음이란 사실이 설명되게 된다.

끝 연은 리듬 구조로 보아 다섯째 연의 리듬 구조의 사라져가는 반복이다. 즉, 다섯째 연의 첫 행이 확대되어 한 번 더 나타남으로써 물러서는 몸짓을 보여준다. "보기 싫은 노란 꽃"은 결국 "소란"이고 "소음"임으로 해서 "시인에게 있어서의 자신의 시"를 상징하는 말로 보인다.

이렇게 설명하고 보면 이 시의 리듬이 치밀하게, 또 세부
와 전체가 소홀함이 없이 다루어져 있음을 알게 된다. 리듬
의 구조라는 입장에서 보면 이 시는 대단히 회귀한 시인 것
으로 보인다. 리듬이 이렇게 단순하면서 치밀한 시를 발견
하기는 그렇게 쉽지 않을 것이다.

풀이 눕는다/
비를 몰아오는/동풍에 나부껴/
풀은 눕고/
드디어 울었다/
날이 흐려서/더 울다가/
다시 누웠다/

풀이 눕는다/
바람보다도/더 빨리 눕는다/
바람보다도/더 빨리 울고/
바람보다도/먼저 일어난다/

날이 흐리고/풀이 눕는다/
발목까지/

발밑까지/눕는다/
바람보다/늦게 누워도/
바람보다/먼저 일어나고/
바람보다/늦게 울어도/
바람보다/먼저 웃는다/
날이 흐리고/풀뿌리가 눕는다/

—「풀」

첫 연에서는 "풀이 눕고 울었다"의 설명이고 다음 연은
풀과 바람과의 관계를 설명한다. "더 빨리 눕고, 더 빨리
울고, 바람보다 먼저 일어난다"는 설명이다. 셋째 연은 언
뜻 둘째 연의 내용에 반대되는 것으로 보인다. 바람보다 빨
리 눕는다고 말했지만 이번에는 "바람보다 늦게 누"울 경우
가 있고 이 경우에 대한 설명이다. 그러나 그렇다고 하더라
도 "바람보다 먼저 일어나는" 사실은 변하지 않는다는 것을
다시 강조한다. 그런데 이러한 강조가 너무 많은 반복의 구
조 때문에 감춰져 우리에게 언뜻 전달이 되지 않고 있다.
셋째 연을 보면 행의 첫 음이 "날/발/바/날"의 반복이고 둘
째 행부터 첫 박의 어미인 "까지/보다"가 반복되어 있고
"늦게/먼저"가 반복되는가 하면 "누워도/일어나고/울어도/

웃고"의 첫 모음이 어두운 모음의 흐름임으로 해서 다 그게 그것이려니 하는 말처럼 모든 행이 똑같은 것이고 반복만이 주어진 것 같은 효과가 생긴다. 이 효과 때문에 이 연이 갖는 의미가 숨겨지게 된다. 이 시에서는 확실히 두운(頭韻)의 효과가 있다. 그 두운을 뽑아서 모음의 움직임을 보이면 다음과 같다.

첫째 연	둘째 연	셋째 연
우이우으아아	우아아아	아아아아아아아아
우 —— 아 ——	우아 ——	아 ————————

이 모음의 움직임은 두운을 지배하고 있고 그 결과 세 개의 연은 이에 의해 꿰뚫어져 통일감을 갖는다. 이 시에서 반복되는 단어를 배열해봄으로써 주술적인 틀이 무엇인지를 살펴보자.

풀이 눕는다
……
풀은 눕고
……울었다

……더 울다가
……누웠다

풀이 눕는다
바람보다 ……눕는다
바람보다 ……울고
바람보다 ……일어난다

……풀이 눕는다
……
……눕는다
바람보다 ……누워도
바람보다 ……일어나고
바람보다 ……울어도
바람보다 ……웃는다
……풀뿌리가 눕는다

   여기서 "날이 흐려서"라는 문구가 세 번이나 반복이 되지만 이것까지 넣고 "빨리"와 "먼저"와 "늦게" 등을 넣으면 원시와 다름없는 형태가 될 것이다. 이 시가 반복에 의해

주술적인 힘으로 우리에게 알려주는 것은 "풀은 눕고 그리고 운다"는 사실과 "어떻게 되더라도 풀은 다시 일어난다"는 사실이다. 그리고 이 모든 일이 "날이 흐린 중"에 일어나고 있는 일이라는 사실을 우리에게 알려준다. 날은 흐리고 동풍이 불고 있으나 비는 오지 않고 있다. "발목까지" "발밑까지" 눕는다는 설명은 영화의 클로즈업 장면을 보듯이 풀과 신발만이 화면에 가득 찬 정경을 우리에게 보여주고 있는 듯하다.

다음에 그 전문을 실은 「헬리콥터」는 산문적인 시이지만 유치환의 시에서 보았던 것과 같은 두 박자의 막음이 보인다. 그 막음은 다음과 같은 짧은 두 행으로 나타난다.

　　—自由
　　—悲哀

이 두 막음에 쓰인 "自由와 悲哀"는 이 시의 주제이다.

　　사람이란 사람이 모두 苦憫하고 있는
　　어두운 天地를 차고 離陸하는 것이
　　이다지도 힘이 들지 않는다는 것을 처음 깨달은 것은

愚昧한 나라의 詩人들이었다

헬리콥터가 風船보다도 가벼웁게 上昇하는 것을 보고

놀랄 수 있는 사람은 설움을 아는 사람이지만

또한 이것을 보고 놀라지 않는 것도 설움을 아는 사람일

것이다

그들은 너무나 오랫동안 自己의 말을 잊고

남의 말을 하여 왔으며

그것도 간신히 더듬는 목소리로밖에는 못 해왔기 때문이다

설움이 설움을 먹었던 時節이 있었다.

이러한 젊은 時節보다도 더 젊은 것이

헬리콥터의 永遠한 生理이다

1950年 7月 以後에 헬리콥터는

이 나라의 비좁은 山脈 우에 姿態를 보이었고

이것이 처음 誕生한 것은 勿論 그 以前이지만

그래도 제트機나 카아고보다는 늦게 나왔다

그렇지만 린드버어그가 헬리콥터를 타고서 大西洋을 橫斷

하지 않았기 때문에

우리는 지금 東洋의 諷刺를 그의 機體 안에 느끼고야 만다

悲哀의 垂直線을 그리면서 날아가는 그의 설운 모양을

우리는 좁은 뜰안에서뿐만 아니라
심지어는 항아리 속에서부터라도 내어다볼 수 있고
이러한 우리의 純粹한 痴情을
헬리콥터에서도 내려다볼 수 있을 것을 짐작하기 때문에
「헬리콥터여 너는 설운 動物이다」

　　─自由
　　─悲哀

더 넓은 展望이 必要 없는 이 無制限의 時間 우에서
　山도 없고 바다도 없고 진흙도 없고 진창도 없고 未練도
없이
　앙상한 肉體의 透明한 骨格과 細胞와 神經과 眼球까지
　모조리 露出落下시켜가면서
　안개처럼 가벼웁게 날아가는 果敢한 너의 意思 속에는
　남을 보기 전에 네 자신을 먼저 보이는 矜持와 善意가 있다
　너의 祖上들이 우리의 祖上과 함께
　손을 잡고 超動物世界 속에서 營爲하던
　自由의 精神의 아름다운 原型을
　너는 또한 우리가 發見하고 規定하기 전에 가지고 있었으며

오늘에 네가 傳하는 自由의 마지막 破片에
스스로 謙遜의 沈默을 지켜가며 울고 있는 것이다

비교적 긴 첫 연과 둘째 연은 산문적인 리듬으로 지배되고 있다. 첫 연은 다섯 개의 문장으로 되어 있다.

……을 깨달은 것은 ……詩人들이었다
……않는 것도 ……사람일 것이다
그들은 ……못해왔기 때문이다
……時節이 있었다
……한 것이 ……生理이다

위의 첫 연의 문장 구성을 보면 그것이 아주 산문적인 문장임을 알게 된다. "……한 것은"이라든지 "……일 것이다" 또는 "못해왔기 때문이다"는 등의 문장 구성은 크게 산문적인 성격을 띠는 것이다. 두번째 연은 세 개의 문장으로 되어 있다. 이 역시 산문적인 문장이다.

……헬리콥터는 ……늦게 나왔다
……우리는 ……느끼고야 만다

……너는 설운 動物이다

그러나 둘째 연은 첫 연과 비교해보면 그 내용이 보다 시적이 되어감을 보게 된다. 그것은 첫 연에서 은연중에 암시해준 대지를 이륙하는 것이 쉽다는, 즉 자유를 우리에게 알려준 반면 둘째 연에서는 비애의 수직선을 그리는 서러운 동물로서의 헬리콥터가 그려지고 있기 때문이다. 자유와 비애가 이 두 연의 내용임을 알려주며 더 이상 강렬할 수 없는 리듬으로써 두 줄로 된 네 글자의 다음 연이 나타난다. 끝 연을 살펴보면 속도를 증가시키려는 다음의 문구를 볼 수 있다.

山도 없고 바다도 없고 진흙도 없고 진창도 없고 未練도 없이
앙상한 肉體의 透明한 骨格과 細胞와 神經과 眼球까지 모조리 露出落下시키면서

"없고"의 반복과 "~와"의 반복은 속도를 증가시키며 서로 시퀀스를 이루고 있기도 하다. 이 빠른 흐름은 결국 "矜持와 善意가 있다"는 단정을 가능케 하고 "울고 있는 것이

다"는 헬리콥터에 대한 결정적 정의를 내릴 수 있게 해준다. 끝 연은 그러고 보면 두 개의 문장으로 되어 있다. 5. 3. …2의 문장 수의 구성은 그 비례가 합리적이라고 할 수도 있을 것이다. 큰 뜻에서 본다면 이 숫자는 박자를 뜻하고 형식을 뜻할 수 있기 때문이다.

김수영의 리듬 감각은 후기의 「꽃」 1, 2와 「풀」에서 보이듯 형식적 관심이 높은 것으로 보인다. 말하자면 그는 무의식중에라도 전형적이고 상투적인 리듬에 빠져들지 않고 있다. 이 점은 그가 시의 내용에 있어서도 상식적인 것에 빠져들려 하지 않는 완고하기까지 한 고집과 서로 통하는 점일 것이다. 그의 시의 분위기와 같이 그 시의 리듬에서도 우리는 정직함과 자신의 고유성에 대한 신념을 느낀다. 그 정직과 신념은 고통을 통해서 성취된 것이고 그의 리듬에서 우리는 이 성취의 희열을 맛보게 된다.

박재삼: 이미지의 리듬

　박재삼(朴在森, 1933～1997)의 시는 가라앉아 있다. 그의 시의 억양은 땅에 엎드려 있듯 숨을 죽이고 있다. 서정주의 시가 그 끝을 재미있게 치켜올리고 있음에 비해 박재삼의 시는 그 끝이 조용한 수평선을 긋고 있다. 다음은 그의 시「무제(無題)」의 전문이다.

　大邱 近郊 과수원
　가늘고 아득한 가지

　사과빛 어리는 햇살 속에

아침을 흔들고

기차는 몸살인 듯
시방 한창 열이 오른다

애인이여
멀리 있는 애인이여
이런 때는
허리에 감기는 비단도 아파라

　보통 우리는 "과수원"이라고 발음할 때에 "원"을 음을 높여 발음할 수도 있고 또는 그대로 수평선을 그으면서 "원"을 발음할 수도 있다. 그런데 이 시의 첫 행에서 "과수원"은 그 끝이 올라가지 않는다. 그것은 "대구"의 "구"나 "근교"의 "교"가 낮은음으로 발음됨으로 해서 이 두 음들과 어울리기 위해 과수원의 "원"은 낮은음으로 발음되는 듯하다. 둘째 행의 "가지"에서도 끝 음이 낮게 발음된다. 그래서 이 두 행으로 된 첫 연은 마치 물속을 헤엄치듯 굴곡 없이 슬프게 읽혀나간다. 그런데 이 첫 연의 우울함 때문에 둘째 연은 자꾸 꿈틀거리고 싶어 한다. 그래서 "사과빛"의 "빛"

과 "햇살"의 "살"이 악센트를 조금 가지게 된다. "사과빛"
이나 "햇살"은 그 단어들이 따로 독립되더라도 그 끝 음이
치켜올라가게 발음되는 말들이다. 그러나 이 행의 끝인 "햇
살 속에"의 "속에"라는 발음은 그 끝이 올라가지 않는다.
서정주 스타일로 이 끝을 만들자면 "사과빛 어리는 햇살
속"이 될 것이다. 다음에 이어지는 "아침을 흔들고"에서도
이 행의 끝은 수평선을 긋는다. 다음의 두 행 역시 앞의 행
들처럼 행들의 끝이 수평선을 긋는다. 이런 형식적 동일성
은 보통 두 번 계속되어 반복을 이룬다. 그리고 반복을 만
든 다음에는 변화가 오기 마련인데 이 시의 경우 같은 음조
가 세 번 계속해 나온다.

……과수원
……아득한 가지

……햇살 속에
……흔들고

……몸살인 듯
……열이 오른다

수평선을 이루는 이 말미의 어조가 세 번 반복된 다음에 나타나는 다음 연에서 "애인이여"로 끝나는 두 행의 끝이 서럽게 치솟는다.

　애인이여/
　멀리 있는 애인이여/

이 두 번의 상승 다음에 다시 남은 두 행은 다시 가라앉는다.

　이런 때는
　허리에 감기는 비담도 아파라.

형식적으로 말하자면 이 시는 끝 연의 첫 두 행을 제외하고 나면 행의 말미가 어둡게 수평선을 긋는 모습을 하고 있다. 박재삼이 자신의 시에서 행의 말미의 움직임에 대해 몹시 신경을 쓰고 있는 것은 그가 쓰고 있는 어미의 독특함으로도 알아낼 수 있다.

다음의 시는 "사람들아 사람들아"에서 조심스럽게 치켜

드는 얼굴을 제외하고 나면 다른 모든 어미는 약간 수그리
고 있는 모습을 보여준다.

　어지간히 구성진 노래끝에도 눈물나지 않던 것이 문득 머
언 들판을 서성이는 구름그림자에 눈물져 올 줄이야.

　사람들아 사람들아,
　우리 마음 그림자는, 드디어 마음에도 등을 넘어 내려오
는 눈물이 아니란 말가.

　—문득 李道令이 돌아오자, 참 가당찮은 세월을 밀어버리어,
　天地에 넘치는 바람의 화안한 그림자를 春香은 눈물 속에
아로새겨 보았을 줄이야.

—「바람 그림자를」

　이 시에는 종결어미가 몇 개 나온다. "올 줄이야"와 "아
니란 말가" 그리고 "보았을 줄이야"의 세 어미와 "사람들
아"의 호격어미가 그것이다. 그런데 "사람들아"를 제외하고
나면 전부 흘러 내려가는 억양을 갖는다. 만일 이 어미를
"올 줄이야 뉘 알았으랴"라고 고친다면 아마 그 끝은 올라

갈 수 있을 것이다. 또 "눈물이 아니란 말가"도 "아니란 말
인가"로 고치면 역시 "말가"보다는 어미가 올라갈 것이다.
항상 얼굴을 숙이고 있다가 "사람들아"라고 부를 때에 조금
고개를 치켜드는 모습이 박재삼 시의 이미지인 것 같다. 그
래서 그는 주장하지도 않는 것 같고 더구나 웅변을 하거나
토론하지도 않는다. 다만 조용히 말할 따름이다. 그의 또
하나의 시를 살펴보자.

　　천년 전에 하던 장난을
　　바람은 아직도 하고 있다.
　　소나무 가지에 쉴 새 없이 와서는
　　간지러움을 주고 있는 걸 보아라
　　아, 보아라 보아라
　　아직도 천년 전의 되풀이이다.

　　그러므로 지치지 말 일이다.
　　사람아 사람아
　　이상한 것에까지 눈을 돌리고
　　탐을 내는 사람아

　　　　　　　　　　　　　　　　　　　—「천년의 바람」

254

이 시의 종결어미들은 평범한 어미들이다. 그럼에도 불구하고 그 어미의 억양은 그의 시의 특징적 이미지를 드러내기에 손색이 없게 가라앉아 있는 느낌을 준다. "사람아 사람아"에 이르러 조금 올라가는 억양을 보이지만 맨 끝의 "사람아"는 역시 올라가는 억양이 될 수가 없다. 이와 같은 평범한 어미가 아닌 것을 사용함으로써 종결어미의 독특한 여운을 사용하고 있는 시를 많이 발견할 수 있다. 그러나 그러한 시를 예시하기 전에 그의 종결어미의 다양함을 살펴보자.

……물냄새 창창한 그런 집이었을레 —「수정가(水晶歌)」

……水晶빛 임자가 아니었을까   —「수정가」

……눈물이 아니란 말가   —「바람 그림자를」

……휘드리었네   —「포도(葡萄)」

……손아픈 後裔일라   —「포도」

……세상은 왜 안 기뻐야   —「광명(光明)」

……이르러 눈물나고나   —「울음이 타는 강」

……있는 것이 아닌 것가   —「봄바다에서」

이런 어미들은 때로는 "後裔란 말가"나 "안 기뻐야" 등에서처럼 어감이 자연스럽지 않게 느껴질 수도 있다. 그러나 이 어미들이 그의 시를 낭독하는 것과 조화를 이루고 있기 때문에 크게 어색하지 않은 것이다. 박재삼의 어미는 그것이 상식적인 것이든 또는 특이한 것이든 간에 낮게낮게 가라앉는 그의 시의 이미지를 도와주고 있다. 그것은 그의 시의 세계라고 할 수도 있는 "한"의 이미지와 일치하는 것이다. 그의 어미를 음미하면서 다음의 시 「한(恨)」을 읽어보자.

감나무쯤 되랴,
서러운 노을빛으로 익어가는
내 마음 사랑의 열매가 달린 나무는!

이것이 제대로 벋을 데는 저승밖에 없는 것 같고
그것도 내 생각하던 사람의 등뒤로 벋어가서
그 사람의 머리 위에서나 마지막으로 휘드려질까본데,

그러나 그 사람이
그 사람의 안마당에 심고 싶던

느꺼운 열매가 될는지 몰라!
새로 말하면 그 열매 빛깔이
前生의 내 全설움이요 全소망인 것을
알아내기는 알아낼는지 몰라!
아니, 그 사람도 이 세상을
설움으로 살았던지 어쨌던지
그것을 몰라, 그것을 몰라!

그런데 나로서는 이 시의 행미의 억양이 조용히 가라앉고 있는 것이 이 시의 이미지와는 무관한 리듬의 문제인가 아니면 이 시의 이미지가 작용해서 리듬이 그렇게 굴절되는 것인가 하는 의문에 대해 생각지 않을 수 없다. 박재삼의 시에 이르면 의미를 떠난 형식적인 문제로서 그의 리듬 현상을 설명할 수 있을까에 대해 의문을 가지지 않을 수 없게 된다. 물론 박재삼은 형식적 문제에 대단히 민감하고 그럼으로써 그 행미의 억양이 수평화되도록 하였다. 그 결과 시의 의미의 세계를 보다 두드러지고 성공적으로 드러나게 만들고 있다. 그러나 반대로 이야기하자면 그의 시의 이미지의 세계가 다르게도 읽힐 수 있는 행미의 억양을 그 이미지에 맞게 읽히게끔 강요하고 있다는 사실도 부정할 수가 없다. 물론 어미에 서정주적인 수정을 가함으로써 치켜올라가게 만들 수 있고 그렇게 만들어놓으면 치켜올려 읽지 않을 수 없게 된다. 그렇게 수정한다면 아마도 이 시가 원래 가지고 있는 이미지가 리듬에 의해서 보강되지 못할 것이다. 다시 말하자면, 그의 시가 리듬에 의해 지배되고 있는지 아니면 이미지에 의해 지배되고 있는지를 숙고하게 만든다.

김종삼: 무심한 리듬

김종삼(金宗三, 1921~1984)의 시는 내가 보기에는 무관심이 그 본질인 것 같다. 그것은 그가 그리고 있는 세계에 있어서나 그것을 형상화하는 리듬에 있어서 똑같은 점이다. 다음의 시 「문장수업(文章修業)」을 읽어보면 그 리듬이 무관심의 표정을 드러내고 있음을 느낀다.

헬리콥터가/떠 간다/
철뚝길/연변으로/
저녁 먹고/나와 있는/아이들이/서 있다/
누군가/담배를/태는 것/같다/

헬리콥터/여운이/띄엄하다/

김매던/사람들이/제집으로/돌아간다/

고무신짝/끄는/소리가/난다/

디젤 기관차/기적이/서서히/꺼진다/

우선 이 시에서는 음절 수와 박자의 관계가 평탄하다. 그래서 박자가 제대로 흐르고 있지만 이 흐름은 무관심의 흐름이다. 다시 말하면 박자와 음절 수가 무질서하게 이루어져 있음으로 해서 박자가 생겨나지 않는 그런 무관심이 아니고 너무도 무심하게 박자가 흘러가고 있음으로 해서 생기는 무관심이다. 사선을 그어서 표시한 박자대로 이 시를 읽으면 아주 편안하게 읽히지만 리듬의 묘미를 노린 흔적은 없다. 리듬의 맛을 노리지 않은 것은 내 생각으로는 고의적인 것 같다. 그 이유는 "누군가/담배를/태는 것/같다"는 3음절로 된 박자의 규칙적 진행인데 이것을 다음과 같이 고치면 리듬의 멋을 부리는 것이 된다.

누가 담배를 태운다.

이렇게 적으면 우선 두 음절이 들어감으로써 변화가 생기

고 앞서의 것이 전체가 네 박자인 데 비해 이 문구는 세 박
자로 바뀌는 것이다. 행이 이루고 있는 박자 수를 적으면
다음과 같다.

2, 2, 4, 4, 3, 4, 4, 4.

이 박자는 중간에 3박자가 잠시 보이지만 4박자의 지배
적인 진행으로 이루어져 있다. 그런가 하면 이 시의 행미의
어미를 따로 떼어내어 보면 다음과 같다.

……간다.
……으론
……서 있다.
……것 같다.
……띄엄하다.
……돌아간다.
……난다.
……꺼진다.

박자적 진행과 더불어 행 끝의 어미에 대한 이 무관심 역

시 세계에 대한 그의 태도를 상징하는 것이다. 대부분의 우리나라의 시인들은 시조와 7·5조의 운율을 포기한 다음에는 2박자(또는 4박자)와 3박자를 교대로 사용함으로써 운율을 구성하고 있다. 그런데 김종삼은 이 사실에 무관심하다. 다음 시를 읽어보자.

> 헬리콥터가/지나자/
> 밭이랑이랑/
> 들꽃들이랑/
> 하늬바람을/일으킨다/
> 상쾌하다/
> 이곳도/전쟁이/스치어/갔으리라/
>
> ─「서시(序詩)」

이 시에는 3박자가 보이지 않는다. 의식적이건 무의식적이건 간에 3박자에 대한 관심이 조금만 있으면 이 시의 어느 행이든 간에 3박자를 만들 수 있다. 그것은 형용사나 부사를 넣음으로써 얼마든지 가능한 일이기 때문이다. "밭이랑이랑/들꽃들이랑"이 시에서는 두 행으로 되어 있지만 그것들이 두 박자를 이루는 것이라고 본다면 이 시의 매력은

262

"상쾌하다"의 한 박자에 의해 종결을 유도하는 수법에 있다. 이 박자는 한 계층 올라가 두 박자를 만든다고 생각할 수도 있고, 또는 그 뒤에 한 박자나 두 박자의 쉼표를 두고 있다고 생각할 수도 있다. 어쨌건 계층을 달리하는 것이다. 이 시의 종행은 네 박자로 끝맺는다.

그의 시가 3박자에 무관심하다는 사실을 우리는 「허공(虛空)」에서 찾을 수 있다.

사면은/잡초만/우거진/무인지경이다/
자그마한/판자집/안에선/어린 코끼리가/
옆으로/누운 채/곤히/잠들어 있다/
자세히/보았다/
15년 전에 죽은/반가운 동생이다/
더 자라고/둬 두자/
먹을 게/없을까/

이 시는 상징주의적인 면이 있는데 이에 대해서는 유보하기로 하자. 그러나 이 시의 리듬에 대해서는 좀 살펴보아야 할 것이다. 앞서의 시와 같이 이 시도 전부 두 박자와 네 박자로 이루어져 있다. 물론 그의 시를 살피면 3박자가 있을 것이다. 그러나 3박자의 본질이 노래라는 전제를 받아들인다면, 그의 시가 3박자에 무관심한 것은 노래에 대한 그의 저항 때문이라는 것을 알 수 있다. 그것은 그의 시에 많은 음악가의 이름이 등장하고 음악 형식의 이름이 나타나는 것을 보아도 알 수 있다. 그 외에도 많은 음악 용어가 나타나는데 이 점은 그가 음악을 깊이 알고 있음을 뜻한다고 해도 좋을 것이다. 그렇다면 시로서 음악에 가까이 가려는, 즉 노래하려는 3박자에 대해 저항을 느끼는 것은 당연할 것이다.

여기서 우리는 네 박자가 그 근간이 되어 있는 시조의 형식과 3박자의 모습으로 볼 수 있는 7·5조에 대해서 좀더 살펴보아야겠다. 시조는 이미 우리가 살폈듯이 네 박자의 행으로 되어 있다. 그 음절 수는 보통 "3, 4, 4, 4"로 그 첫 행이 이루어져 있다. 그리고 각각은 한 박자를 이룬다. 그런데 7·5조는 외형적으로는 "3, 4, 5" 또는 "4, 3, 5"의 음절 수를 가지고 있기 때문에 3박자로 보인다. 예시하면 "나보기가 역겨워 가실 때에는"은 4, 3, 5이고 "바람이 부는대로 찾어가오리"(윤동주, 「함박눈」)는 3, 4, 5이다. 그런데 이 7·5조는 다음과 같은 음절 수의 질서를 가지고 있다.

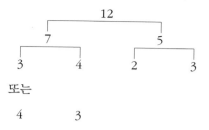

또는

4   3

7 · 5조의 7은 3, 4 또는 4, 3으로 분리되는데 음악적으로는 3, 4가 더 낫게 생각된다. 그것은 시조의 첫 박이 3음절이 되는 것이 나은 것과 같은 이유이다. 그리고 7 · 5조의 5는 2, 3으로 분리되는데 2음절이 보통 동사가 될 때가 많다. 때로는 2음절이 부사가 될 수도 있다. 그런데 이 5가 3, 2로 분리되는 경우를 찾을 수 있고 3, 2에서 2에 악센트를 주고 2의 끝 음에 강세를 주는 경우를 우리는 서정주에서 살폈다. 그런데 7이 3＋4로 분리되고 5가 2＋3으로 분리되는 것은 비균등 분할이라는 원칙에 입각한 것이다. 음악에서는 음계 이론에서 비균등 분할의 개념이 원용되는데 이 비균등 분할의 원칙은 구조주의적 근거를 가지고 있다. 6이 3＋3으로 나뉘면 3＋3은 어느 한쪽이 다른 한쪽에 대해 대립항이 될 수 없다. 3과 3은 같은 것이므로 대립항을 이루지 못한다. 그래서 분할은 그 분할된 요소들이 구성적

형식을 만들기 위해서는 동일한 단위가 되어서는 안 되는 것이다.

7·5조의 7과 5는 합하면 12가 되는데 원래의 분할은 12에서부터 발생된 것이다. 12가 6과 6으로 나뉘지 않고 7＋5로 나뉘는 것은 퍽 재미있는 일이다. 아무런 관계가 없는 예이지만 음악에서의 옥타브는 12개의 반음으로 되어 있고 이 옥타브의 양쪽 끝 음이 동일음인 주음(主音)으로 버티면서 대립항이 되는 한 음을 만들어내는데 그 음이 6＋6의 위치에 있는 F#이 아니고 7＋5에 있는 G, 즉 "솔" 음이 된다. 이것 역시 구조주의적 대립항 형성의 원리인 비균등 분할에 의해 설명된다. 또 "도"와 "솔"이 양쪽에서 버티면서 이들 사이에 있는 다른 하나의 대립항이 되는 음을 찾는데 그 음은 7이 4＋3으로 나뉘는 지점의 음인 "미"음이 되는 것이다.

여하간 그것은 음악의 이야기이고 7·5조가 3＋4, 2＋3으로 분리되는 것은 그것이 4박자의 구조를 유지하고 있음을 보여주는 것이다. 그런데 낭독에 있어서는 7·5조는 3·4·5의 3박자로 처리됨으로써 7·5조는 2박자 구조와 3박자 구조의 침투를 보여주고 있다. 바꾸어 말하면 구조적으로는 4박자이지만 낭독, 즉 실제에 있어서는 3박자로 되어 있다.

7·5조에 대한 이러한 이해를 가지고 보면 김종삼의 시가 네 박자의 구조에 관심을 갖고 3박자의 구조에 관심을 보이지 않는 것은 7·5조의 실제적 현상에 대한 저항이라고 볼 수 있고 시조적 전통에의 애착이라고도 볼 수 있다. 그러나 이 말은 네 박자에 대한 애착이지 시조 형식에 대한 호의를 뜻하는 것은 아닐 것이다.

그의 시에서 네 박자가 두드러진 하나의 예를 찾아보자.

올페는/죽을 때/
나의/직업은//시라고/하였다/
後世/사람들이//만든/얘기다/

나는/죽어서도/
나의/직업은//시가/못된다/
宇宙服처럼/月谷에//둥둥/떠 있다/
귀환 時刻/未定

—「올페」

첫 연과 둘째 연의 2행과 3행은 //으로 표시한 것처럼 두 박자로 읽힐 수도 있다. 그것이 그렇게 읽히더라도 이 시는 두 박자에 대한 그리고 편안한 박자의 흐름에 대한 애용을 보여준다. 이처럼 박자 운용에 있어서 변화를 도입하지 않는 리듬에 대한 무관심은 시인이 세계에 대해 갖는 거리 또는 시인이 이 세계를 떠돌아다니고 있음을 상징하는 것이리라.

황동규: 리듬의 열중

황동규(黃東奎, 1938~   )는 리듬을 의식하고 있다. 그의 리듬 의식은 세부에서부터 문장의 구조에 이르기까지 미친다. 「더욱더 조그만 사랑 노래」를 읽어보자.

연못 한 모퉁이
나무에서 막 벗어난 꽃잎 하나
얼마나 빨리 달려가는지
달려가다 달려가다 금시 떨어지는지

꽃잎을 물 위에 놓아 주는

이 손.

상점을 찍은 단어들은 리듬의 연관을 가지고 있다. "한"이 "막"으로 대답되고 "빨리"가 "금시"로 대답된다. 그리고 끝머리에서 이 관계는 "물"과 "손"이라는 형용사나 부사가 아닌 명사로 대치되는 재미를 가지고 있다. 이 재미야말로 황동규 시 세계의 본질인 것 같다. 그래서 그의 시는 부드럽다. 이와 같은 구석구석에 숨어 있는 리듬의 묘미를 「새들」에서도 발견할 수 있다.

새들을 부르세요
우는 새들을
갑자기 달아나는 새들을
혹은 알 속에서 이미
어른이 되어
할 말을 않고 있는 새들을

다리를 마른 나뭇가지처럼 꺾어 붙이고
한 줄로 날아가는 새들

언덕에서 내려다보면
불빛도 눈물도 없는 밤중에
어디선가 할 말을 않고
날으는 새들.

"새들을"이란 끝막음으로 이 시의 리듬을 처리하고 있다.
첫 두 행은 이어 붙여 써놓으면 7·5조의 구조로 되어 있
다.

새들을 부르세요 우는새들을
갑자기 달아나는 …… 새들을
혹은 알속에서이미 어른이되어
할말을 않고있는 …… 새들을

이 7·5조의 구조를 향한 상식적인 이행을 의식하고 있
는 것이 이 시의 리듬 의식이다. 나의 생각으로는 위에 박
자에 맞추어 띄어쓰기를 고쳐놓은 4행의 둘째 행에 "……"
으로 표시한 곳에 두 음절의 단어를 넣어서 정상적인 7·5조
가 두 번 반복되게 시를 꾸미는 것도 한 가지 방법인 듯하
다. 다음 행의 "혹은"이 이미 변화된 음절 수이고 "알 속에

서 이미"도 재미있는 음절 수 변형의 수법이어서 첫 두 행
의 7·5조 반복은 감수할 수 있는 것이다. 그러나 이 시는
이것을 피하고 있다.

다음에 나타나는 두 행은 그 리듬이 아름답다. 이 리듬
역시 7·5조의 수정이라고 할 수 있다. 읽는 박자에 따라
띄어쓰기를 하면 다음과 같다.

　　다리를 마른 나뭇가지처럼 꺾어붙이고
　　한 줄로 날아가는 …… 새들

물론 "나뭇가지처럼"은 한 박자에 읽히지 않을 수 있다.
그것은 "마른/나뭇가지처럼"으로 읽힐 수 있는 것이다. 그
러나 그렇게 읽히는 것 역시 모두 붙여 읽는 원형의 변화임
을 의식할 때 재미를 느낄 수 있는 것이다. 위의 두 행을 만
일 다음과 같이 쓴다면 그것은 7·5조가 범람하던 20세기
초의 우리 시를 연상하게 될 것이다.

　　다리를 가치처럼 꺾어붙이고
　　한줄로 날아가는 기러기떼들

그러나 황동규의 리듬 감각은 이러한 배후 구조를 이미 경험하고 있다. 3행으로 바꿔 적은 다음의 세 행은 종지를 이루는 끝 행을 위해 그 앞의 두 행이 이를 위한 준비를 해 준다.

언덕에서 내려다보면
불빛도 눈물도없는 밤중에
어디선가 할말을않고 날으는새들

"내려다보면"의 5음절과 "눈물도없는"의 5음절, 그리고 "할말을않고"의 5음절이 서로 박자적 위치를 같이하고 있음으로써 잘 어울리고 있다. 이와 같은 원형과 그 일탈의 묘미를 우리는 그의 시에서 많이 경험한다. 다음은 「뒤돌아보지 마라」는 시의 전문이다.

뒤돌아보지 마라/돌아보지 마라/
매달려 있는 것은/그대뿐이 아니다/
나무들이 모두/손들고 있다/
놓아도/잡고 있는/이 손/
목마름,/

서편에 잠시/눈구름 환하고/

목마름,/

12월/어느/짧은 날/

서로/보이지 않는/

불켜기 전/어둠./

　이 시는 "목마름"이란 단어를 출현시키기 위해 조심스럽게 리듬의 변화를 주고 있다. 두 박자의 반복이 세 박자로 바뀌자마자 "목마름"이 출현한다. 전체적으로 보면 이 시는 퍽 부드러운 리듬의 흐름을 가지고 있다. 끝 두 행의 두 음절로 된 "서로"와 "어둠"이 앞과 뒤에서 어울리고 있는 것도 재미있다.

　다음은 「저 구름」의 첫 연이다.

　저 구름 좀 봐

　용 같지, 무엇엔가 물린

　용 같아

　흐르지도 못하고 엎드려 있어

　둘째 행에서 "무엇엔가 물린 용 같지"를 뒤를 잘라 도치시킴으로써 앞쪽에 강세가 오게 만들고 있다. 이 네 개의 행의 끝머리는 다음과 같은 억양을 갖는다. 첫 행의 "봐"는 치켜올려지고 그 힘은 둘째 행의 "용 같지"의 "지"에 옮겨온다. 그리고 "물린"의 "린"은 수평선을 긋거나 아니면 내려온다. 3행의 "용 같아"의 "아"는 내려온다. 그리고 4행의 "엎드려 있어"의 "어"는 조금 올라가는 억양을 지닌다. 이런 리듬의 묘미는 선율을 만들 만큼 재미있는 변화를 일으킬 가능성을 갖는다. 때로는 이와 같은 리듬의 변화가 그 자체가 목적인 경우로 느껴지는 경우조차 있을 만큼 그는 리듬만 생각한다.

우리는 이쁜 아이들이야
우리는 이쁜 아이들
우리는 이쁜

아아 이뻐라
우리는 열려 있다

—「사랑의 뿌리 3」 부분

처음의 세 행은 순전히 리듬을 위한 처리이다. 이 3행이

축소화되는 수렴성에 힘입어 "아아 이뻐라"가 나타난다. 그러나 리듬만 있기 때문에 의미가 상실되어가고 있다.

「나는 바퀴를 보면 굴리고 싶어진다」의 둘째 연을 보면 김수영의 「꽃잎 2」를 연상하게 한다. 리듬을 위한 조심스러운 처리가 보인다.

길 속에 모든 것이 안 보이고
보인다, 망가뜨리고 싶은 어린날도 안 보이고
보이고, 서로 다른 새 떼 지저귀던 앞뒷숲이
보이고 안 보인다, 숨찬 공화국이 안 보이고
보인다, 굴리고 싶어진다, 노점에 쌓여 있는 귤,
옹기점에 엎어져 있는 항아리, 둥그렇게 누워 있는 사람들,
모든 것 떨어지기 전에 한 번 날으는 길 위로.

여기서 행의 첫머리에 나타나는 "보인다" "보이고"는 그다음에 딸려오는 문장 전부와 맞서는 외침과 같은 것이다. 그래서 이 말들은 강세를 가지며 그 행의 맨 끝의 어미와 대립된다. 이 대립을 정리하면 다음과 같다.

보인다, ……안 보이고

보이고, ……앞뒷숲이

보이고 안 보인다, ……안 보이고

보인다, 굴리고 싶어진다, ……

이 네 행의 리듬의 조작은 결국 그 목적이 "보인다"와 "굴리고 싶어진다"를 만나게 하기 위한 것이다. 그래서 "보이는" 모든 것을 "굴리고 싶어"짐으로써 "바퀴를 보면 굴리고 싶어진다"는 평범한 언급이 시적 의미를 띠게 된다. 다음에 전문을 인용하는 「불 끈 기차」는 부드러운 리듬으로 흐른다. 또한 그 흐름 끝에 이 시를 종결하는 수법이 이채롭다. 순전히 형식적인 관점에서 보자면 이 종결은 불완전하다. 그러나 그것이 대화자의 대답이라는 사실로 보완된다. 이 시를 조금 큰 호흡으로 읽어보자.

불 끈/기차가/지나가지/

저건/신촌집에서 쫓겨나/변두리로 변두리로/

가벼운 마음으로/

눈감고 달리는 기차야/

집에/마음쓰면 안 돼/

서 있는 것/

꽃나무/몇 그루/

이름/서로/아는/친구/

아들아,/네 올라가/숨곤 하던 장독대/

그런 것에/마음쓰면 안 돼/

움직이는 것을 아껴야 해,/움직이는 것들/

고양이, 참새,/동네마다 뛰노는 아이들,/

그리고/네 잠들 때/

하늘에서 깔깔대며 달리는 별들,/끝없이 반짝이는 것들,/

《허지만/아빠,/》
기차는/수색에서 잘 꺼야/
둥글게 맴돌다/꼬리에 코를 박고./

이 시만큼 쉽게 읽혀가는 시도 많지 않을 것이다. 즉, 부
드럽게 읽힘에 대해 거부하려는 의식이 없다. 첫 4행은 "달
리는 기차"를 우리에게 알려준다. 다음 4행은 그다음 4행과
얽혀 있는데 리듬의 입장에서 보자면 "이름을 서로 아는 친
구"에서 단락이 진다. 그러나 의미의 진행으로 보자면 "그
런 것에 마음쓰면 안 돼"에까지 이르러서야 일단락이 지어

진다. 그러나 리듬에서 보자면 "아들아……"에서부터 "뛰노는 아이들"까지 한 단락을 이룬다. 그리고 첫 연에서 남은 두 행이 이미 종결의 느낌을 우리에게 알려준다. 이 시가 재미있게 읽히는 또 하나의 이유는 그 읽힘에 속도의 변화가 있다는 점이다. "이름/서로/아는/친구"에서 우리는 두 음절 사이에 문법적 이유 때문에 짧은 호흡을 넣지 않을 수 없는데, 이것이 이 부분의 속도를 감속시킨다. 그런데 이 속도는 다시 "고양이, 참새, 동네마다 뛰노는 아이들"에 이르러 약간 증가하는 듯하다. 이 변화의 계기를 잡아 다음 행은 종결을 준비하고 있다. 정형적인 형식의 힘을 빌리지 않으면서 재미있게 읽히는 리듬이 황동규의 리듬이다. 이 리듬과 어울리고 있는 그의 시 세계 역시 재미와 즐거움의 세계로 나에게 느껴진다. 그의 리듬 감각은 다음과 같다. "리듬은 끝까지 완벽하게 흘러야 한다. 부드럽게 흘러감에 대한 저항이 있어서는 안 된다"는 것이다.

정현종: 견고한 리듬

정현종(鄭玄宗, 1939~)의 시는 그 리듬이 딱딱하다. 그러나 그의 시적 이미지가 부드러운 것임으로 해서 이 둘은 묘하게 얽혀 있다. 이 견고함과 부드러움의 이중 구조가 그의 시 세계인 것 같다. 다음 시를 읽어보면 그 리듬 구조와 어미의 응답 구조가 딱딱하다고 할 만큼 단순하다.

사람이 바다로 가서
바닷바람이 되어 불고 있다든지,
아주 추운 데로 가서
눈으로 내리고 있다든지,

사람이 따뜻한 데로 가서
햇빛으로 비치고 있다든지,
해 지는 쪽으로 가서
황혼에 녹아 붉은 빛을 내고 있다든지
그 모양이 다 갈데없이 아름답습니다.

—「갈 데 없이」

이 시는 그 의미의 움직임이 갈데없이 아름답다. 사람이
바람이 되고 눈이 되고 햇빛과 황혼이 된다. 그것은 이미
사람의 육신이 아니라 영혼이고 마음이리라. 그러나 "……
가서 ……든지"는 동요의 리듬처럼 소박하다. 그리고 종결
을 위한 기교를 부리지 않는다. 불쑥 네 번의 시퀀스를 막
아버리는 "아름답습니다"라는 어미로 시를 끝막고 있다. 이
딱딱함과 시적 이미지의 부드러움의 서로 얽혀 있음이 바로
매력이다. 그러나 의미 전개의 논리는 급작스러움으로 해
서 딱딱한 것이라고 해야 할 것이다.
「최근의 밤하늘」에는 글자 수까지 맞아들어가는 응답이
보인다.

옛날엔/

별 하나/나 하나/

별 둘/나 둘이/있었으나/

지금은/

빵 하나/나 하나/

빵 둘/나 둘이/있을 뿐이다/

정신도/육체도/죽을 쑤고 있고/

우리들의 피는/위대한 미래를 위한/

맹물이/되고 있다/

최근의/밤하늘을 보자/

아무도 기억하지 않고/말하지 않는/

어떤 사람들은/고통과 죽음을/

별들은/자기들의 빛으로/

가슴 깊이/감싸 주고 있다/

실제로/아무 말도 하지 않는/우리들을 향하여/

流言 같은/별빛을/던지고 있다/

  첫 연은 나타나는 박자의 수로 보아 첫 여섯 행은 1, 2, 3박
자의 반복이다. 그 후 3, 2, 2의 변화로 첫 연을 끝맺은 다
음 둘째 연에서는 계속되는 두 박자의 유연한 흐름을 보인

다. 흐름은 "流言 같은/별빛을/던지고 있다"를 매끄럽게 읽히게 만든다. 이 둘째 연의 두 박자의 연속은 그 박자의 길이를 섬세히 변화해가며 그 이미지의 부드러움으로 두 박자의 규칙성을 잊게 해준다. 1, 2, 3박자의 이 재미있는 첫 연의 박자 구조를 우리는 그의 다른 시에서 찾을 수 있다.

지난해는/
참 많이도/줄어들고/
많이도/잠들었습니다/하느님/
심장은/줄어들고/
머리는/잠들고/
더 낮을 수 없는/난장이 되어/
소리 없이/말 없이/
행복도/줄었습니다/

—「냉정하신 하느님께」부분

첫 3행의 1, 2, 3박자의 변화 다음에 나타나는 것은 역시 두 박자의 연속인데 이 경우도 박자의 길이를 적절히 조절함으로써 부드러움을 가미하고 있다. 물론 이 부드러움은 "소리 없이 말 없이"라는 시적 이미지의 도움을 받고 있다.

두 박자의 변형이 정현종의 큰 관심인 듯 보이는데 그 좋은 예를 「도덕의 원천이신 달이어」에서 찾을 수 있다.

> 바람 소리/한 가닥/
> 모래 위에/떨어져 있다/
> 그걸 주워서/만져 보고/
> 귀에도/대 본다/
> 달 뜨는 소리/들린다/

> 도덕의 원천이신/달이어 파도여/
> 달 뜨는/눈앞에서/내 웃음은/
> 파도 소리를/낸다/

첫 연의 박자들은 넉 자, 석 자, 다섯 자 등의 변화를 띠고 있으나 그렇게 큰 변화는 아니다. 그러나 둘째 연은 그 두 박자가 꽤 길게 확대된다. 어쩌면 "도덕의 원천이신 달이어 파도여"는 띄어쓰기 되어 있듯이 네 박자의 모습으로 읽혀야 될지도 모른다. 그러나 앞에서부터 내려오던 두 박자의 흐름은 이 행을 넷으로 나누는 것을 만족해하지 않는 듯이 보인다. 이 시에서 철저히 보여주는 두 박자의 끊임없는 변화가 바로 그의 리듬의 특징이다. 그리고 그것은 아마 표면적으로는 견고함이란 말로써 표현되어야 할 성질의 것인 것 같다.

두 박자의 예를 하나 더 들어보자. 「천둥쳐다오」는 행 내의 구조도 2박자이고 연의 구조도 두 행으로 되어 있고 짝수의 연을 조금 밀어넣어 씀으로서 연들도 두 개씩 모여 짝을 이루고 있다. 다만 둘이 아닌 것은 이 짝지은 연이 세 쌍이란 점밖에는 없다.

구름 같은/남자들이/
천둥 치고/있네/

꽃은/여자 속에/
향기는/공기중에/

아냐/천둥은 옛말/
요새는/꾀죄죄한 욕망뿐/

꽃은/여자 속에/
향기는/공기중에/

남자들/천둥쳐다오/
　　태양처럼/웃어다오/

　　　꽃은/여자 속에/
　　　향기는/공기중에/

　　이 철저한 두 박자는 무엇을 뜻할까. 그것은 아마도 그
가 현실 세계에 대해 갖는 긴장감의 상징일 것이다. 세 박
자가 시에서는 노래이라면 두 박자는 걸음걸이의 느낌을
준다. 이 긴장감은 박자를 서로 대조시킴으로써 생기는 구
조의 긴장감, 즉 본질적으로 비현실적이고 지적인 긴장감
이 아니다. 3박자를 전적으로 배제함으로써 상징되는 긴장
감은 현실이 시 세계에 침투되어 있는 느낌을 주는 긴장감
이다. 그 이유는 걸음걸이의 연상과 행진의 형식이 이 시의
낭독을 지배하고 있기 때문이다. 이 두 박자의 긴장감은 그
의 시 도처에서 발견되지만 가장 짧은 시인 「섬」에도 발견
된다.

　　사람들 사이에/섬이 있다/

그 섬에/가고 싶다/

—「섬」 전문

아마 둘째 행을 다음과 같이 쓴다면 3박자로 읽히지 않을
수 없을 것이다.

사람들 사이에 섬이 있다
나는 그 섬에 가고 싶다

왜 "나는"을 빼었을까. 나의 생각으로는 "나는"이 있는
경우와 없는 경우에 그 시적 이미지에는 큰 차이가 생기지
않는다. 차이가 생긴다면 그것은 리듬의 차원에 한정되는
것으로 보인다. 그리고 "나는"을 넣은 경우에 이 행은 3박
자로 읽히지 않을 수 없을 것이다.

두 박자의 변화가 세 박자의 경계선을 넘나드는 경우를
우리는 「종이꽃 피도다」의 둘째 연에서 발견한다. 이 시의
전문을 예시한다.

하느님/

꽃에는/비/
풀잎에는/바람/
우리한테는/너무한 희망/
내려/주시도다/

하느님/

한 시대는/한 폐허요/
群王들/열심히 준비하는/
무덤에 항상/뿌리 내리는/
유장한/들풀들 보이오나/

하느님/

가차없이/길들어/
지각없이/말없이/
올봄도/산에 들에/
종이꽃/피도다/

이 시의 둘째 연의 2행과 4행은 다음과 같이 3박자로 읽힐 수 있을지 모른다.

    ……

    群王들/열심히/준비하는/

    ……

    유장한/들꽃들/보이오나/

　그러나 위에 표시한 것처럼 2행과 4행을 3박자로 읽으면
어색해진다. 그것은 이 시가 2박자의 틀 속에서 움직이고
있고, 이 지점이 3박자가 나타나는 변화가 일어날 지점이 아
니기 때문일 것이다. 어쨌건 이 부분은 3박자로 낭독될 가
능성이 충분히 있지만 그렇게 읽혀서는 자연스럽지가 않다.
　황동규의 시는 리듬의 전범을 추구하고 있다. 그는 리듬
의 형식적 긴장감으로 지적 구조를 엮어서 시의 즐거움을
얻으려고 노력한다. 정현종의 시는 단순한 응답과 두 박자
가 갖는 직접적 대립성에 의해 드러나는 단단한 리듬을 즐
긴다. 쉽게 말하면 정현종의 시는 응답이라는 두 박자의 딱
딱한 리듬으로 만들어가는 대립적인 시적 이미지를 논리적
으로 비약시켜 현실에 대한 자신의 따뜻함을 드러내려고 노
력한다. 황동규의 시에는 유연한 박자가 물 흐르듯이 흐르

고 그 흐름 뒤에 리듬에 대한 지적인 재미가 숨어 있다. 잘 흐르고 재미가 많지만, 현실에 대한 인식은 없다. 정현종의 시는 현실에 대한 인식이 있지만, "도덕, 별들, 하느님, 천둥"과 "빵, 꾀죄죄한, 맹물, 종이꽃" 등의 이미지를 직접적으로 대립시켜, 독자가 그 강한 대조에 놀라 잠시 정신을 잃는 동안, 논리적으로 비약한 철학적 언명을 즐긴다. 그것은 리듬의 굳음이다. 그래서 그는 두 박자에서 벗어날 수 없었던 것으로 보인다.

맺는말

우리 시의 리듬에 있어서 근간을 이루는 구조는 시조의 리듬 구조와 7·5조의 리듬 구조인 것으로 보인다. 시조는 3행으로 된 네 박자의 구조인데 끝 행의 둘째 박자에 변화가 주어짐으로 해서 전체가 유기적 통일감을 주는 형식으로 전환된다. 이 형식의 원리는 반복과 강조이다. 반복과 강조라는 원리하에서 보면 시조의 첫 행은 제시이고 둘째 행은 반복, 셋째 행은 강조이며 동시에 종결에 해당된다. 시조는 두 박자의 구조이고 7·5조는 세 박자의 구조다. 더 근원적으로 말하면, 시조는 4·4조의 변형인 셈이다. 따라서 한국 시의 근원적 구조는 4·4조와 7·5조다.

시조는 4 · 4조를 변형시켜 3행의 2박을 늘어진 박자로 설정함으로써 3행에서 완결될 수 있는 시적 구조를 이루었다. 반면 7 · 5조는 그런 변형을 가해 3행 또는 4행에서 완결될 수 있는 한 차원 높은 형식을 만들지 않은 것으로 보인다.

시조 형식은 사설시조로 변화되어가다가 그 형식감이 약화되고 없어짐으로써 구조의 유기성이 해체되고 만다. 이 점은 앞에서 사설시조를 살피며 알아보았다. 시조 형식이 사설시조로 잘못 발전함으로써 그 형식이 해체된 이유는 한 박자 안에 넣는 음절 수만 늘림으로써 보다 긴 형식이 가능하리하고 생각한 오류 때문이었다.

한편 7 · 5조는 그 음절의 구조로 보아 3, 4, 2, 3의 내부 구조를 갖는데 이 음절 수는 구조적으로 보자면 시조의 네 박자를 모델로 한 것이다. 그러나 낭독에 있어서는 2, 3이 합해진 5가 한 박자로 처리되기 때문에 7 · 5조는 세 박자 구조로의 길을 터준다. 첫 두 박자가 정상적인 길이이고 그 다음 끝 박자가 조금 강조되고 약간 긴 박자로 느껴지는 이 세 박자 구조는 우리 시 리듬 구조의 중요한 한 틀이 되고 있다. 몇몇 시인을 제외하고 나면 이 7 · 5조가 뿌리가 되는 세 박자의 리듬은 항상 시인의 깊숙한 곳에서 솟아 나오는 목소리로 느껴진다. 3, 4, 5의 세 박자는 3, 3, 5나 3, 3, 6 등으로 쉽게 변형이 일어난다. 뿐만 아니라 세 박자로 읽힌다는 공통점 외에는 전혀 같은 점을 찾을 수 없을 만큼 의 큰 변화를 일으키는 경우도 있다.

　　갈데없는 잠이 내게로 온다　　　　　──강은교, 「겨울밤」

　위의 행을 "갈데없는 잠이/내게로 온다"로 읽어야 할지 아니면 "갈데없는/잠이/내게로 온다"로 읽어야 할지를 결정하기 어렵다. 만일 "내게로 온다"를 강은교가 붙여 썼다면 이는 7·5조의 구조를 변형시킨 것을 스스로 드러내는 셈이다.

　　갈데없는 잠이 내게로온다

　뿐만 아니라 잠을 다른 말로 바꾸면 곧 7·5조가 된다.

　　갈데없는 수면이 내게로온다

　그러나 이 세 박자 구조는 그가 표기한 대로의 것과 비교하면 차이가 많음을 알 수 있다. 띄어쓰기를 중요시한다면 처음 인용한 띄어쓰기대로 두 박자의 구조가 강은교가 의도한 것으로 보인다.

한국어 시의 또 하나의 특징은 행의 끝머리가 음고적으로 치켜올라가는지, 수평을 유지하는지, 아니면 수그러지는지에 대한 것이다. 7·5조의 변형이 3, 4, 3, 2로 나타남으로써 끝 2음절이 강조되고 따라서 이 두 음절의 끝이 치켜올라가는 맛을 지니게 되는 변형을 우리는 보았다. 그리고 이 끝의 치켜올림은 행의 특징을 이루게 된다. 즉, 행 전체의 모습이 이 끝 음의 상승으로 인해 유형화된다. 우리는 이 경우를 서정주에서 찾았었다. 그리고 행미의 상승이 구조적 요인이 되어 그에 대한 대답으로서 수평적 행미를 지닌 문장과 서로 대립됨으로써 구조를 획득하는 경우를 보았다.

또한 치켜올린 행미에 대한 반발로 생겨나는 수그러들고 가라앉은 행미의 곡선이 나타난다. 때로는 시 전체를 이 가라앉은 행미가 지배하는 경우가 있음을 보았다. 가라앉은 행미 사이에 치켜올리는 한 두 행미가 활기를 줌으로써 이루어지는 형식을 우리는 박재삼에서 살필 수 있었다.

시조가 갖는 두 박자의 구조와 7·5조의 세 박자 구조는 시인의 내부에서 서로 갈등을 일으키는데 그 해결은 두 종류의 박자를 함께 섞어 씀으로써 조화를 얻으려는 태도와 전적으로 어느 한쪽에만 집착하려는 태도로 나뉘는 것 같다. 우리는 7·5조의 세 박자의 탐닉은 김소월, 윤동주, 김영랑 등의 시에서 보았다. 그 후 두 박자의 구조에 집착하는 경우가 나타나게 되는데 이런 현상의 좋은 예를 유치환, 김춘수, 정현종에서 찾아보았다. 황동규나 정현종 이후의 시인들의 시를 여기서 살피지 못했으나 그 경향은 리듬에 대한 극단적인 실험과 산문시로의 전환으로 나타나는 듯이 보인다. 다음은 이성복의 한 구절인데 극단적인 껄끄러운 리듬으로 인해 우리를 깊은 반성으로 빠져들게 하는 독특한 리듬을 구사하고 있다.

> 나는 보았다 가도가도 끝없는 상점과 인형 같은
> 여자들, 돈 내고 한번 안아보고 싶었다 나의 代父
> 하늘이여 오늘 나는 지나가는 아이들 머리칼 속에
> 꽃씨를 뿌렸다 언젠가, 언젠가 꽃들이 내 이름을
> 부르며 사방에서 걸어오리라 나의 代父 하늘이여
> ──「소풍 2」 부분

이들 시인들의 리듬적인 시도에 대해서는 다른 연구를 통해 밝혀야 할 것이다. 내가 보기에는 시적인 리듬과 의미장에 대해 동시에 고려가 필요한 것으로 보인다.*

이들 시인들의 시에 대한 리듬 구조의 천착의 작업을 남겨놓고 있지만 이 책에 담긴 연구의 결과로 나는 우리 시의 리듬을 지배하는 어떤 유형이 존재하고 있음을 느낀다. 그리고 그 유형의 형성이 역사적 발전 내지 변형 과정 속에서 이루어지고 있다는 느낌을 받게 되었다. 그 변형 과정에 대한 관심을 남겨두고 나는 이 글을 여기서 끝맺고 싶다.

---

* 서우석, 『시와 산문의 의미장』, 서울대 출판문화원. 2011.